AMORES EXPRESSOS

SÃO PETERSBURGO
RUSSIA

BERNARDO CARVALHO

O filho da mãe

Copyright © 2009 by Bernardo Carvalho

Grafia atualizada segundo o Acordo Ortográfico da Língua Portuguesa de 1990, que entrou em vigor no Brasil em 2009.

Capa
Retina_78

Preparação
Márcia Copola

Revisão
Marise Leal
Angela das Neves

Os personagens e as situações desta obra são reais apenas no universo da ficção; não se referem a pessoas e fatos concretos, e não emitem opinião sobre eles.

Dados Internacionais de Catalogação na Publicação (CIP)
(Câmara Brasileira do Livro, SP, Brasil)

Carvalho, Bernardo
O filho da mãe / Bernardo Carvalho. — São Paulo : Companhia das Letras, 2009.

ISBN 978-85-359-1396-5

1. Romance brasileiro I. Título.

09-00112   CDD-869.93

Índice para catálogo sistemático:
1. Romances : Literatura brasileira   869.93

[2009]
Todos os direitos desta edição reservados à
EDITORA SCHWARCZ LTDA.
Rua Bandeira Paulista, 702, cj. 32
04532-002 — São Paulo — SP
Telefone: (11) 3707-3500
Fax: (11) 3707-3501
www.companhiadasletras.com.br

Para o Henrique

Sumário

I. Trezentas pontes, 9
II. As quimeras, 95
III. Epílogo, 189

I. TREZENTAS PONTES

1. São Petersburgo, véspera das comemorações do tricentenário (abril de 2003)

— Não posso ter filhos. Demorei mais de vinte anos para dizer isso sem ter que me explicar. Esperei as mulheres da nossa geração chegarem à idade de não poder mais ter filhos.

— Então, por quem você veio?

As duas estão sentadas num café da rua Rubinshtein. Não se viam fazia quase quarenta anos. Foram colegas de classe. Ainda estão sob o impacto do acaso e do reconhecimento, embora nem fossem tão próximas na escola.

No início da tarde, Iúlia Stepánova aproveitou a visita ao médico para rever o mercado da travessa Kuzniétchni — uma lembrança de infância, de quando a mãe a levava para comprar verduras e *smetana* — e depois fazer o que vinha planejando havia dias, desde que recebera o resultado dos exames. Não precisava voltar ao trabalho. Já não reconhecia quase nada naquela parte da cidade. Raramente passava por ali. Fazia vinte anos que não voltava ao consultório do dr. Juravliov. Agora, terá que decidir se quer recomeçar as sessões e passar por tudo de novo. O mundo em volta está mudado — ou em obras, recebendo os últimos retoques. "A cidade vai renascer", diz um cartaz pendurado num edifício construído no *style moderne*, uma fantasmagoria típica do início do século XX, cenário recorrente dos seus pesadelos de criança. Há mais policiais nas ruas, por causa dos atentados, mas sobretudo depois do massacre no teatro da rua Dubróvskaia, em Moscou, em outubro passado.

Ao sair do mercado com um pacote de queijo e outro de frutas, ela seguiu por mais três quadras até a rua Raziézjaia e parou diante da entrada soturna de um prédio que permanecia deteriorado a despeito dos preparativos para a comemoração do tricentenário. A voz do médico ainda ecoava nos seus ouvidos: "Há vinte anos, optamos por um procedimento radical para uma mulher da sua idade, que não tinha filhos, porque não queríamos correr riscos. E durante vinte anos nós lhe demos uma vida de qualidade. Agora, temos um novo problema aqui, está vendo? Não vou lhe dar esperanças. Cabe a você decidir o que vamos fazer". Ao ouvir a sentença, Iúlia sentiu, pela primeira vez, que não podia morrer sem salvar uma vida.

Ela conferiu a placa ao lado da entrada decrépita: Comitê das Mães dos Soldados de São Petersburgo. Subiu o primeiro lance de escadas. Um burburinho ecoava pelo corredor sombrio. Mães e filhos se aglomeravam diante de uma porta no fundo, enquanto duas mulheres, uma baixa e a outra esgrouvinhada, atendiam a fila de mais ou menos quinze pessoas. Ouviam caso por caso, esclareciam dúvidas e examinavam documentos. Iúlia se aproximou da mais baixa. Mas, mal abriu a boca, foi interrompida pela arenga de uma mulher cujo rosto ela não conseguia distinguir entre os outros na sombra. Pareciam falar todos ao mesmo tempo:

— Tem que esperar, como todo mundo! Não adianta querer passar na frente. Não é a única com problema de vida ou morte.

Foi parar no final da fila, envergonhada. Era como se tivesse sido pega em flagrante. Não era possível que a morte já estivesse estampada no seu rosto. Ainda não perdera a vergonha da morte. Tinha medo de que a reconhecessem em seu corpo. Esperou como todo mundo. A fila avançava vagarosamente. A mulher mais baixa afinal se aproximou e perguntou:

— É sobre o seu filho?

Teria que ouvir a mesma pergunta repetida cinco vezes até o fim do dia, três delas enquanto esperava, no corredor, conversando com as companheiras de infortúnio. Ficou duas horas em pé, até poder entrar na sala com janelas altas e embaçadas de fuligem. Os dois rapazes que estavam na sua frente na fila ainda não haviam saído de lá de dentro quando ela abriu a porta, obedecendo à atendente mais alta, que lhe indicou o caminho, com impaciência:

— É a sua vez.

Iúlia entrou e fechou a porta às suas costas, com cerimônia. Os dois rapazes escutavam, com expressão aterrorizada, o que uma senhora enérgica, gorda e ruiva, com um suéter estampado e calças pretas de jérsei, tentava fazê-los compreender sobre os seus direitos de soldados. Iúlia sentou num banco encostado na parede do fundo, embaixo de onde ficavam pendurados os diplomas outorgados às Mães dos Soldados por organizações humanitárias internacionais. Esperou que a mulher terminasse com os garotos. De repente, a fisionomia e a voz da mulher gorda e ruiva lhe chamaram a atenção. E Iúlia a reconheceu. Marina Bóndareva, sua colega de escola, estava hipnotizada pelas próprias palavras, de modo que não reparara quando Iúlia havia entrado na sala. E foi só depois de entregar duas brochuras aos rapazes, quando levantou os olhos pela primeira vez, que se deu conta da presença da figura pálida, com os cabelos castanhos escorridos, esperando em silêncio, sentada no banco do fundo, debaixo dos diplomas — e, ainda sem reconhecê-la, perguntou alto:

— É sobre o seu filho? Trouxe os documentos?

A pergunta a perseguia desde que ela entrara no prédio. Todas eram mães. Mas, dessa vez, Iúlia não se deu o trabalho de responder; levantou-se e foi até o pequeno tablado.

— Marina? — ela titubeou. E, diante da surpresa e do silêncio da antiga colega de escola, insistiu: — Sou eu, Iúlia. Iúlia Stepánova. Está lembrada?

Marina arregalou os olhos e de repente tudo na sala ficou do jeito que estava. Os dois soldados, debruçados sobre as brochuras que acabaram de receber e que resumiam o que ouviram da senhora gorda, já não pareciam ler, já não estavam condenados como quando chegaram, já não passavam de figurantes congelados no presente. Não havia futuro nem apreensão nem medo. Por um instante, nada ia acontecer a ninguém. Não era preciso tomar nenhuma providência para impedir que as coisas acontecessem. Era uma trégua e todos respiravam. Marina repetiu baixinho, para si mesma, o nome da amiga, para convencer-se ou lembrar. E logo se adiantou, empurrando a mesa em frente com o corpanzil, para abraçá-la. Agora era a vez de os dois soldados arregalarem os olhos, espantados com o arrebatamento da senhora que até então se comportara com a dureza de um general a lhes explicar as possíveis estratégias para as suas guerras particulares contra o comando do exército russo.

— Iúlia Stepánova! Que foi que aconteceu com você? É o seu filho, meu Deus? — ela disse, mal contendo a emoção, apesar de nunca terem sido realmente próximas.

Seus olhos se encheram de lágrimas, como se tivesse feito a pergunta a si mesma. E Iúlia compreendeu que, por mais que tentasse, nunca saberia o que unia aquelas mulheres. Estavam tomadas por uma espécie de loucura. Estavam ocupadas em salvar os filhos. Salvar era o que lhes dava vida. Enquanto fossem mães, não podiam morrer.

— Me desculpe — Marina prosseguiu, enxugando o rosto com o dorso da mão, antes de a amiga poder responder. — Você me pegou numa hora ruim.

— Não quero atrapalhar...

— Não, não atrapalha nada. Não é isso. Me dê só mais dois minutos até eu acabar de explicar a estes rapazes o que eles têm que fazer. Você tem tempo para um chá?

— É claro.

Quando saíram, a fila no corredor continuava do mesmo tamanho, com novos rostos de mães e filhos. A fila nunca mudava de tamanho. Era sempre o mesmo número de pessoas que se aglomeravam e se substituíam. Marina pediu à mais alta das duas mulheres que se encarregavam dos recém-chegados que a substituísse por uma hora.

— Não estamos dando conta — ela disse a Iúlia, já do lado de fora. — Desde que a guerra recomeçou, tem dias em que atendemos mais de cem casos.

Dois guardas caminhavam ao longo da fachada do prédio. Um deles se dirigiu a Marina:

— Bom dia, mãezinha!

Mas ela o ignorou.

— Estão aí para intimidar os soldados que nos procuram. Outro dia, tentaram confiscar o passaporte de um rapaz que tinha saído para fumar, enquanto esperava a sua vez na fila. O terrorismo virou desculpa para tudo — ela disse. E, de repente, mudando de assunto, numa livre associação provocada pela fila de mães: — Não foi sua mãe que reconheceu Anna Akhmátova na porta da prisão?

— Minha avó — Iúlia a corrigiu. — Quando meu tio foi preso, em 51, minha avó encontrou Akhmátova entre as mulheres que esperavam notícias dos maridos e dos filhos, do lado de fora da prisão Kresty. Ao reconhecê-la, minha avó se aproximou de Anna Akhmátova, que ela havia lido e admirado quando era moça, e que tinha sido silenciada, e pediu que voltasse a escrever poemas, que escrevesse sobre as mulheres e as mães à espera dos maridos e dos filhos do lado de fora dos muros de Kresty. Depois de saber da morte do meu tio nos campos, Anna Akhmátova procurou minha avó e lhe recitou um texto, disse que era uma homenagem, que não podia escrevê-lo mas podia recitá-lo. Não podia lhe entregar o texto escrito, não podia arriscar mais uma vez a vida do filho, e por isso tinha decidido dizê-lo para a minha avó. Pediu que ela o decorasse. Foi logo depois de o filho de Anna Akhmátova ter sido libertado, ao contrário do meu tio, que morreu nos campos. Ela disse que não podia deixar de vir, quando soube da morte do meu tio. Lembrava perfeitamente de quando minha avó a encorajara a voltar a escrever, na porta da prisão.

— Engraçado, é uma das poucas histórias que guardei da escola. Quando passo pela Arsenalnaia e vejo os braços dos presos saindo pelas frestas das grades, acenando com pedaços de pano para os parentes que também respondem embaixo, na rua, num código particular, é sempre na história da sua avó que eu penso.

— Minha avó era a mulher de lábios azuis da introdução ao poema, lembra? Ela recitava de memória: "Passei dezessete meses nas filas das prisões de Leningrado./ Uma vez, alguém me reconheceu. E então uma mulher de lábios azuis atrás de mim, que obviamente nunca ouvira ninguém me chamar pelo nome, saiu do estupor ao qual todos tinham sucumbido e sussurrou no meu ouvido (ali, todo mundo sussurrava):/ 'Você pode descrever isto?'./ E eu respondi: 'Sim, eu posso'./ E, então, o que parecia um sorriso passou pelo que um dia havia sido um rosto". Os lábios estavam azuis de frio.

No caminho até o café, Marina explicou como fora parar no Comitê das Mães dos Soldados de São Petersburgo, por causa do filho caçula, enviado para a Tchetchênia, mais de dois anos antes, porque na época não tiveram dinheiro para pagar a propina que garantia sua admissão na faculdade. A matrícula o teria liberado do serviço militar compulsório.

— Porque era jovem e teimoso, Pável se recusou a cursar outra faculdade. Podia ter entrado para matemática, engenharia, por exemplo, ou para qualquer uma dessas línguas que ninguém quer falar, esloveno, português, mas queria frequentar o curso de inglês, como todo mundo, e nós não podíamos pagar. Meu marido tinha acabado de morrer. Estávamos sem nada, eu podia ter levantado o dinheiro, pedido emprestado, mas Pável achava imoral ter de pagar por uma vaga à qual tinha direito por suas notas. No nosso tempo, não havia esse tipo de problema.

— Os problemas eram outros.

— Também se recusou a pedir um atestado médico.

Fora da universidade, nada impedia que Pável fosse convocado e mandado para a guerra. Durante mais de quatro meses sem notícias, Marina terminou recorrendo às Mães dos Soldados e, ao cabo de dois meses de esforços e contatos com a procuradoria do exército, descobriu que o filho tinha sido sequestrado por milícias tchetchenas e que era dado por morto. Partiu sozinha para Grózni, descobriu onde estava o filho, negociou pessoalmente o resgate com os sequestradores e o trouxe de volta para São Petersburgo.

— Não fui a única nem a primeira. Se tive coragem, é porque outras fizeram o mesmo antes. E porque não tinha ninguém para fazer por mim. E porque, se não fizesse, não teria mais ninguém por quem fazer.

Iúlia já tinha ouvido falar de histórias de mães que resgatavam os filhos sequestrados na guerra, mas sempre lhe pareceram muito distantes. Não sabia o que dizer. Do Cáucaso, lembrava-se apenas das férias de verão, num observatório nas montanhas, quando acompanhava a mãe, astrônoma do observatório de Púlkovo, e, talvez por ser a única criança entre os cientistas locais, era muito mimada por todos. O Cáucaso é uma das suas melhores recordações, uma paisagem de sonho, que nada tem a ver com a guerra nem com os pesadelos que ela costumava ter quando criança e que se passavam sempre nas ruas da cidade, entre edifícios soturnos do começo do século XX. Mas a recordação diminui a cada frase da colega de escola. Sua vida é insignificante se comparada à daquela mulher que resgatou o filho das milícias na Tchetchênia. Não teve filhos e continua — mesmo que não seja por muito tempo — sem salvar a vida de ninguém.

Assim que se acomodaram num café da rua Rubinshtein, foi a vez de Iúlia contar um pouco da sua história sem aventuras. Tinha se separado havia cinco anos do marido, que conhecera na universidade. Estudou biologia, mas trabalhava fazia quatro anos numa agência imobiliária, atendendo telefones e fazendo relatórios, das nove às cinco. Era o que lhe restava. Nunca foi nem pensou que pudesse ser uma cientista brilhante. Seguira a carreira para fazer a vontade da mãe. No fundo, sempre quis ser poeta. Ela sorriu, sem graça. A mãe foi um peso terrível na sua vida, ela disse. O garçom se aproximou antes de ela poder confidenciar, pela primeira vez, ainda que fosse a uma amiga de adolescência que não via fazia quase quarenta anos e com quem não tinha a menor intimidade, que descobrira, duas semanas antes, que seus dias estavam contados. Não tinha mais ninguém a quem contar.

— Estou morta de fome. Não comi nada hoje — Marina disse ao garçom, sem olhar para ele, enquanto examinava o cardápio. Pediu um chá e um sanduíche. Iúlia queria apenas um copo d'água. Assim que o garçom saiu, as duas se entreolharam em silêncio e sorriram. Ainda estavam admiradas do reencontro. E foi na inércia dessa pausa que Marina fez por fim a pergunta que dá início à história:

— Se não tem filhos, então por quem você veio?
— Divido o apartamento com um casal e os três filhos. O mais velho, que dormia no quarto ao lado do meu, com o irmão do meio, foi mandado em janeiro para Irkutsk. Vi Vássia crescer. Ele brincava de polícia-e-ladrão com as crianças do prédio. Lembro como se fosse ontem o dia em que, voltando do trabalho, eu o encontrei escondido no vão da escada. Ele me fez um gesto de silêncio, para que eu não revelasse o esconderijo a ninguém, mas o jogo já tinha terminado fazia horas e todas as outras crianças já estavam de volta às suas casas. Até aquele dia, eu nunca o tinha notado. Sempre ficava escondido depois de o jogo acabar. Os outros o esqueciam. Eu gostava dele. Acho que ele também gostava de mim. A gente conversava muito. Com o tempo, foi ficando mais introvertido, só saía do quarto para ir à escola. Nos últimos anos, passava as noites no computador. Até que um dia a polícia apareceu e o levou. Parece que tinha conseguido tirar do ar o site de não sei qual agência do governo.

Marina sorri. É um sorriso de cansaço:

— Os que tiram do ar os sites do governo são os mesmos que tentam nos imobilizar, a serviço do governo, e que bombardeiam nosso site até deixá-lo inoperante. Não têm nenhum problema de consciência. O anonimato lhes permite agir a torto e a direito, sem contradição de princípios.

Iúlia finge que não ouve:

— Vássia ficou um ano no reformatório. A mãe ia visitá-lo e dizia que ele estava bem. Acabou não passando de ano. E, quando voltou para casa, já estava na hora de ser incorporado. Nem tiveram tempo de arrumar uma dispensa médica. Quando se deram conta, ele já estava a caminho de Irkutsk. No mês passado, a mãe passou dez dias fora. E, desde que voltou, não parou mais na cozinha para conversar. Há uma semana, bateu na minha porta. Disse que tinha viajado. Fora a Irkutsk, visitar o filho, no hospital militar.

— Se está no hospital, já é meio caminho andado.

O garçom traz a água e o chá. Enquanto ele as serve, Iúlia aproveita para fazer uma pausa. Já não consegue disfarçar a indignação. Assim que o garçom sai, ela retoma:

— Você não entendeu. Vássia foi espancado. Teve duas costelas e um braço quebrados. Ficou dois dias em coma. Está coberto de hematomas. Até uma semana atrás, havia o risco de hemorragia interna. Não quer voltar para o quartel e ter que se submeter de novo aos rituais absurdos da *dedovschina*.*

— Ninguém quer voltar. Podemos mantê-lo no hospital (é mais fácil se ele já estiver internado) e acionar a procuradoria em seguida, pedir uma transferência.

---

* Ao pé da letra: "a lei dos mais velhos — ou dos avôs"; trotes violentos, e eventualmente mortais, a que os recrutas e soldados mais jovens são submetidos tradicionalmente durante o serviço militar na Rússia.

— A mãe tem medo de procurar as Mães dos Soldados. Acha que pode ser pior. Tem medo das represálias. Pensa que vão matar o filho. Vássia disse a ela que, se voltar para o quartel, é um homem morto. E ela acha que ele é capaz de tentar o suicídio para não voltar.

O garçom traz o sanduíche. Marina enxuga os olhos com a mão, sem que a amiga perceba. Logo se recompõe. Em seu arrebatamento, Iúlia não se deu conta do efeito de sua última frase.

— Pode dizer à mãe do rapaz que ele não precisa voltar para o quartel, se não quiser. Podemos entrar em contato com a procuradoria amanhã mesmo e conseguir a transferência — Marina diz.

Um novo silêncio se instala entre as duas. Marina toma o chá e desembrulha o sanduíche. Não consegue olhar a amiga nos olhos e Iúlia afinal nota o desconforto.

— Desculpe se fui ríspida — ela diz.

— Não é isso. Estou acostumada. São assuntos delicados. Não se preocupe. Não tem nada a ver com você. Eu é que cometi um erro. Hoje, recebi uma notícia ruim.

Iúlia fica calada. Toma um gole de água. Marina prossegue, sem olhar para ela:

— Há dez dias, um rapaz de dezenove anos foi morto, em missão, nas montanhas ao sul de Grózni. Há seis meses, Deus me deu a chance de salvá-lo. — Ela tira um papel da bolsa e o estende para Iúlia. — E eu perdi essa chance. Eu o deixei sozinho. Não podia tê-lo deixado sozinho. Só recebi a notícia hoje, pela mãe. Foi reconhecer o corpo do filho, em Rostov.

Iúlia desdobra o papel e lê em silêncio: "Escrevo como o louco que não pode parar de cantarolar sua ladainha sem sentido, nem que seja para não ouvir o ruído do mundo, falar só, mais alto que o ruído do mundo. Escrevo para o caso de você decidir voltar, para assombrar esta cidade. É a mais artificial de todas as cidades. Em três séculos, tentaram três nomes, em vão. Um nome por século. Construíram trezentas pontes, uma para cada ano, mas nenhuma leva a lugar nenhum. Ninguém nunca vai sair daqui".

— É Petersburgo — diz Marina. — É uma carta de amor.

2. Um ano antes, num campo de refugiados na Inguchétia

Primeiro, Zainap começou a esquecer os mortos. Esquecia que tinham morrido. E fez uma lista para não confundi-los com os vivos. Está sentada num banco de campanha, diante de uma mesa de alumínio coberta por uma toalha de plástico verde, sob a barraca de oito metros quadrados que divide há cinco meses com o neto, Ruslan, num campo de refugiados nos arredores de Malgobek, na Inguchétia. Tem um lenço estampado na cabeça. Perdeu três dentes desde o início da guerra. Acorda todos os dias às cinco da manhã. Não porque queira. Já não são só os mortos; tampouco se lembra dos que permaneceram vivos. E isso a preocupa. Ela tira um lenço do bolso e enxuga o suor da testa apesar do frio da madrugada. A febre deve estar baixando. Ouviu dizer que, no verão, ninguém consegue ficar dentro das barracas debaixo do sol, mesmo com toda a poeira do lado de fora. Já é quase primavera e, à noite, as barracas ainda parecem câmaras frigoríficas. Poderia ir ao dispensário, pela manhã, pedir mais cobertores, mas já não aguenta ver o rosto dos que vão morrer. E está cansada de pedir. Chegaram quando o campo já não recebia novos refugiados. Toda vez que repete que os acolheram "por milagre", deixa subentendido o sarcasmo involuntário de quem pagou caro por uma autorização excepcional de permanência. A situação irregular volta e meia levanta dúvidas sobre o seu direito à assistência oficial. Sempre que vai ao dispensário, precisa contar com a boa vontade dos médicos. Não para de tossir e não há remédios nem comida para toda a população. Há mais gente do que é possível manter nos campos. Panfletos despejados por aviões que de vez em quando sobrevoam as barracas em voos rasantes prometem melhores condições em Grózni, sob os auspícios dos russos e de organizações humanitárias internacionais. Mas não enganam ninguém. Há uma forte campanha para persuadir os refugiados a voltar. Alguns estão sendo repatriados à força, desde que as autoridades inguches, endividadas e sem condições de alimentá-los, começaram a cumprir as diretrizes do Kremlin, nos seus esforços de restabelecer uma normalidade de fachada para a administração pró-russa em Grózni, enquanto a guerrilha corre solta nas montanhas. Dizem que tudo voltou à ordem, mas a situação não pode ser mais anormal. Por mais que tentem filtrar as informações do exterior, há sempre alguém que sabe de alguma coisa. De Grózni chegam as piores notícias e, como se não bastassem as condições precárias no campo, os refugiados ainda têm que viver sob a ameaça suplementar de serem mandados de volta para a guerra. Esperam o anúncio do plano de governo do novo presidente inguche. Correm boatos de que, mais cedo ou mais tarde, os campos serão fechados. Zainap não se preocupa em ser repatriada. Sabe que não chegará ao verão, para ver os dias de sol. É uma certeza estranha, como se já estivesse morta. E, de qualquer jeito, prefere morrer em casa, no meio da guerra, a extinguir-se aos poucos num campo de refugiados. O problema é Ruslan. Zainap teme que ele seja incluído nos próximos comboios para Grózni. Nesse caso, todos os seus esforços iriam por água abaixo. Por isso, teve que agir rápido. Tomou a decisão vai fazer um mês, sem lhe dizer nada. Antes de se apresentar voluntariamente aos comboios de repatriação, procurou o coronel Egórov, que aparece no campo uma vez por semana, sempre aos sábados. Foi acertar o destino do neto. Aprendeu com os anos que ninguém é incorruptível. Há rumores sobre o esquema do coronel e a verdadeira razão de suas visitas semanais. Vem recrutar jovens que ainda têm forças para trabalhar no canteiro de obras de Petersburgo — não só os mais aptos, e que aceitam as condições mais indignas para deixar o campo, mas também os que estão dispostos a pagar por isso com o pouco que lhes resta e apesar de sua condição física. De manhã, quando Ruslan acordar, Zainap dirá o que for necessário para convencê-lo a ir embora sem ela, quando ela já não estiver aqui. E isso significa que pretende lhe contar o que guardou em segredo durante anos. Vai lhe contar, afinal, de onde veio o dinheiro que lhes permitiu chegar ao campo, de suborno em suborno, e que lhe permitirá chegar a Petersburgo.

Já faz tempo que ela toma as decisões mais importantes, na última hora, contra o bom senso, sempre só. Foi assim, cinco meses atrás, quando decidiu deixar Grózni. Resolveu partir para a Inguchétia, porque lhe pareceu o caminho mais fácil, depois de ter resistido por tanto tempo, mesmo sabendo que já não aceitavam novos refugiados nos campos. Tomou a decisão, sentada no escuro da cozinha, no que sobrava do antigo apartamento, num dos poucos prédios que não desabaram por completo naquele quarteirão de Léninski, um dos bairros mais atingidos da cidade. Ouvia rajadas de tiros ao longe. À noite, os tiros distantes a faziam dormir, embalavam o seu sono. Eram sinal de que o perigo não estava próximo. Mas ali, pela primeira vez, ao cair da tarde, podiam ser o anúncio de outra noite agitada. E, desde que o destino lhe sorrira, uma hora antes, quando tudo parecia perdido, o menor imprevisto passou a ameaçar seus planos, como se tivesse despertado finalmente de uma longa letargia. Nas janelas, no lugar onde uma vez houvera vidros, mandara estender plásticos azuis que, na medida do possível, se não os isolavam do frio, pelo menos os protegiam do vento. Os buracos nas paredes foram fechados com sacos de areia e cobertos com pedaços de papelão. Zainap contou o dinheiro, rublos e dólares, que teriam de usar, ela e o neto, para vencer as barreiras de controle até a fronteira, e separou, no canto direito da mesa, o que supunha ser necessário para serem aceitos no campo. Mal acreditava na incongruência da situação. O dinheiro aparecera quando menos esperava, depois de já ter gastado tudo o que guardara ao longo dos anos, para pagar o resgate do neto. De repente estava rica, ainda mais se se comparasse à maioria dos que permaneciam na cidade, como ela, por não terem como pagar para sair. Havia demorado a entender que era preciso ir embora e, quando entendeu, já não tinha meios. Uma hora antes, entretanto, a sorte lhe mostrara o caminho.

    Hesitou em acender o fogo ou as velas, com medo de atrair soldados e bandidos. Agora, tinha muito mais a perder com uma dessas visitas indesejadas. Ruslan dormia nas ruínas do cômodo ao lado, no que um dia fora o quarto do pai. O corpo estava coberto de chagas. Espancaram-no por quatro horas seguidas. Era um milagre que estivesse vivo.

    Na noite anterior, antes das quatro da manhã, um destacamento de soldados russos entrara no que restava do antigo apartamento de Zainap, em Léninski, levando o rapaz, a despeito das súplicas da avó, que pateticamente se oferecia no lugar do neto.

Zainap já não chorava. As mulheres da vizinhança tampouco. Depois de levarem Ruslan, ela esperou o sol nascer, sem pregar o olho, antes de assumir as rédeas da situação. De nada adiantava tentar agir durante o toque de recolher. Seria alvo fácil para os atiradores no alto dos prédios. Cairia morta antes de virar a primeira esquina. Sabia exatamente o que tinha de fazer e quando. Aguardara aquele momento como quem espera a morte. Sabia que, mais dia menos dia, haveria de chegar a hora de pagar pelo resgate do neto — se não aos *boieviki*,* certamente aos soldados russos.

Às duas da manhã, os federais** haviam feito uma *zatchitska* no prédio, uma dessas operações noturnas de limpeza, e levaram Abdulah, o rapaz do apartamento de baixo, enquanto ela e Ruslan se mantinham em silêncio, cada um em seu quarto e em sua cama, nas ruínas do andar de cima, segurando a respiração, embora, para ela, nos últimos meses fosse cada vez mais difícil passar mais de cinco minutos sem tossir. Ia fazer dois anos que o último andar, logo acima do que restava do apartamento de Zainap, fora pelos ares. O último andar tinha queimado junto com o telhado durante um bombardeio, quando ninguém estava em casa, e por isso era comum que os que entravam pela primeira vez no edifício, depois de terem-no examinado de fora, achassem que havia apenas três andares habitáveis. Como se não fosse possível viver no quarto andar exposto às intempéries, ainda mais no inverno. Era muito provável que, na falta de alguém para denunciar, por ser inocente e não conhecer nenhum terrorista, Abdulah, o filho da vizinha de baixo, levado no meio da noite, sob os protestos da mãe e das irmãs, para algum campo de filtragem de onde raramente saíam vivos, tivesse mencionado, sob

---

* Combatentes separatistas tchetchenos.
** Russos.

tortura, o nome de Ruslan, o rapaz do andar de cima, onde ninguém podia morar. Simplesmente porque também era jovem, porque era o único rapaz além dele no prédio. Deve ter achado que assim salvava a pele ou pelo menos interrompia os horrores do interrogatório, dizendo o que supunha que os russos quisessem ouvir. Os soldados buscavam jovens tchetchenos. Tanto fazia se esses rapazes estavam realmente envolvidos com os insurgentes. O que contava era a idade. Era improvável que fossem jovens e de alguma maneira não estivessem envolvidos com os rebeldes. Era assim que os russos raciocinavam. Menos de duas horas depois da captura de Abdulah, eles já estavam de volta para buscar Ruslan.

Fazia quase dois anos que, às vésperas do inverno de 1999 para 2000, durante a retomada da cidade pelos russos, nos primeiros meses do que se convencionou chamar segunda guerra da Tchetchênia, Zainap pagara quinhentos dólares aos *boieviki* para reaver o corpo do filho, Chakhban, pai de Ruslan. Corpo é modo de dizer. Chakhban não fora encontrado nos escombros do prédio onde, até o dia do ataque, trabalhara como engenheiro químico. Tampouco havia sido levado para a vala comum na periferia da cidade, onde ela foi procurá-lo, em vão. O que Zainap recebeu e enterrou foi um cadáver queimado e desfigurado que os bandidos recolheram, entre outros, depois da explosão do prédio, já com o intuito de negociar a liberação em troca de resgates. As famílias não se preocupavam mais em reconhecê-los. Fingiam se contentar com um detalhe ou outro, um sinal ou uma cicatriz, como se fossem mesmo do parente desaparecido. O principal era conseguir um corpo para enterrar, mesmo um substituto. Zainap enterrou o filho nas montanhas onde seus próprios pais morreram. E só por isso escapou ao cerco da cidade e ao bombardeio que destruiu o último andar do edifício em que morava. Estava nas montanhas enquanto o andar de cima ia pelos ares. E foi quando, por precaução, começou a separar o dinheiro para o resgate do neto, na eventualidade de Ruslan vir a ser sequestrado. Só pensava em salvá-lo. E ele, em contrapartida, depois da morte do pai, também só pensava em poupá-la de mais uma perda. De outro modo, é provável que não tivesse ficado na cidade destruída, desafiando a morte todos os dias, a despistar a morte entre ruínas e destroços.

De qualquer jeito, não foi por teimosia que Zainap resistiu a partir quando ainda era possível. E mesmo depois do ultimato russo que, em dezembro de 1999, exortou a população civil a deixar a cidade, sob a ameaça de ser confundida com terroristas e exterminada. A única vez que abandonara Grózni, ainda jovem e à força, perdera tudo. Nunca reviu os pais e os irmãos. E passou a associar a partida à perda e aos desencontros. Por isso, demorou a se convencer de que mais cedo ou mais tarde não sobrariam homens a sua volta e que era essa a missão do exército russo. Só as mulheres, os velhos e as crianças, no caso de não terem nenhum contato direto ou parentesco com os rebeldes, seriam poupados para viver nos escombros. Não suportava a ideia de abandonar sua casa, desde que fora forçada ao exílio, em 1944, quando ainda era jovem e tinha a vida pela frente. Passou quinze anos exilada no Cazaquistão e, ao voltar, não encontrou ninguém. Nem os amigos nem a família. Todos mortos. Desde então, nunca mais arredou o pé da cidade. Chegou a se refugiar nas cercanias durante os combates mais críticos, mas sempre voltava ao centro. Queria que os desaparecidos soubessem onde encontrá-la, na eventualidade de reaparecerem, nem que fosse como fantasmas.

Depois da morte do filho, o sequestro do neto foi a pá de cal. Mas não teria podido tomar nenhuma decisão não fosse a visita inesperada que recebeu logo depois de trazê-lo espancado de volta para casa. Foi essa visita que lhe permitiu mudar de ideia de uma hora para outra e concordar em trocar a cidade em ruínas por um campo de refugiados, quando estes estavam sendo mandados de volta. A mulher que a procurou conhecia um esquema. Um motorista que trabalhava para os russos os levaria até a Inguchétia. E, antes mesmo de trocar o que restava do apartamento em Grózni por uma barraca de oito metros quadrados num campo inguche, ela entendeu que a decisão teria consequências irreversíveis. Não teria forças para voltar. Nunca mais veria a cidade. Aos setenta e oito anos, doente e sem remédios, coagida pela guerra, teria preferido morrer no que uma vez fora sua casa, e que subsistia por milagre entre ruínas calcinadas e pó, a ser enterrada num mísero campo de refugiados, numa terra estranha. Mas agora era a vida do neto, e não a sua, que estava em jogo. Afinal, tinha uma oportunidade nas mãos e não podia perdê-la. O campo era só a primeira etapa. É claro que não disse isso ao neto quando lhe anunciou que estavam de partida. Nem era necessário. Não precisava explicar a decisão repentina e aparentemente suicida. Estava implícito. Ruslan era um rapaz sensível. Sabia muito bem que a última coisa que a avó podia querer na vida era terminar num campo de refugiados. Mas a acompanhou assim mesmo, nem que fosse só para fazer a sua última vontade, fingindo que ignorava o sacrifício dela para lhe salvar a vida. Não a teria abandonado por nada, para tentar a sorte por conta própria fora dali. Não a teria deixado morrer sozinha em Grózni, embora isso tivesse sido o mais simples e racional para ambos, segundo o que ela mesma pensava e não dizia. Entre eles, o afeto e os mal-entendidos andavam de mãos dadas, em silêncio. Depois de ser preso de madrugada e resgatado pela avó à tarde, Ruslan entendeu que não haveria mais sossego para ele e que ela não descansaria enquanto não o tirasse dali. Haveria outras *zatchítski* e outras prisões, até a morte. Os russos já sabiam o caminho de casa. Nem mesmo ela, que tanto resistira a ir embora quando isso ainda era possível, agora duvidava do que aconteceria ao neto se ficasse na cidade, esperando a morte ao lado dela. Morreriam os dois. E ele ainda não estava em idade de morrer. A única coisa que ele não podia supor — e que tampouco perguntava — era de onde vinha o dinheiro que lhes permitiu sair dali. Ela dizia que o havia guardado ao longo dos anos. Mentia mal. Todo o dinheiro que havia guardado ela gastara para libertá-lo das mãos dos russos. E isso ele compreendera muito bem.

Assim que o arrancaram da cama e o levaram pelas ruas esburacadas, poeirentas, mal-iluminadas e desertas da noite de Grózni, ela foi procurar as notas separadas para a ocasião. Esperou o sol nascer, sentada no que uma vez fora a cozinha do apartamento. Não havia nada que odiasse mais do que os pássaros que continuavam a cantar de madrugada, mesmo já não havendo árvores, como aves de mau agouro, anunciando o dia nas ruínas da guerra. Era uma mulher precavida. Pelo menos não teria que sair batendo de porta em porta, desesperada, para levantar a quantia do resgate, como a vizinha do terceiro andar pelo filho Abdulah. Bastava ir reclamar a vida do neto aos russos e, ao ser informada do preço a pagar, fingir que saía às pressas para arrecadar o dinheiro entre conhecidos, antes do cair da noite, e voltar em duas horas já com a soma no bolso. Nem mais nem menos, duas horas contadas no relógio era o tempo certo para não correr o risco de chegar tarde demais, depois de já o terem matado ou transferido para o quartel-general de Khankala ou para algum campo de filtragem, de onde ninguém sai vivo, e ter que pagar pelo corpo, como fizera por Chakhban, nem cedo demais para que suspeitassem que guardava dinheiro em casa e exigissem mais ou voltassem para roubá-la.

Zainap reconheceu o homem que cobrava o resgate às mulheres na porta do quartel distrital do comando militar, em Léninski, para onde lhe disseram que Ruslan fora levado quando ela saiu de casa de manhã, com o dinheiro na bolsa. Há informantes em toda parte. E tudo tem um preço. O homem também a reconheceu. Tinha as sobrancelhas grossas e negras, e olhos tristes, caídos nas pontas. Os dois se olharam sem dizer nada. Vinte anos os separavam, desde que se viram pela última vez. O mercenário que agora cobrava das mulheres o resgate de seus maridos, filhos e netos, na porta da unidade do exército russo em Léninski, fora seu aluno na escola onde ela lecionava russo quando Ruslan nasceu. O menino com cabelo engomado e notas medíocres era agora um adulto a serviço dos federais. Os presos da madrugada cujo resgate fosse pago a tempo, se tivessem a sorte de sobreviver aos interrogatórios e não acabar transferidos para Khankala, para uma nova batelada de perguntas e torturas, seriam libertados à noite. Ao receber o dinheiro das mãos de Zainap, embora nada no semblante do ex-aluno manifestasse simpatia — nem sequer reconhecimento —, ele deu a entender que faria o possível para soltar Ruslan antes. E ela viu naquilo uma forma de agradecimento. Às três da tarde, a professora aposentada já estava com o neto, vivo, nos braços.

Uma vizinha do térreo, ao vê-la chegando de volta ao prédio, ajudou-a a levá-lo pelos lances de escada até o quarto andar. Pelo menos não quebraram nenhum osso, nem voltou mutilado, Zainap disse, enquanto carregavam Ruslan escada acima. Repetia o que lhe disseram no hospital número 9, para onde ela o arrastara com a ajuda de outra mulher, uma desconhecida, cujo filho só seria devolvido à noite, se não fosse parar na vala comum da periferia da cidade, como tantos outros. Eram só hematomas.

Na falta de outros meios, era preciso rezar para que não houvesse nenhuma lesão mais grave ou hemorragia interna. Era preciso mantê-lo sob observação. Os federais deviam ter entendido que Ruslan não era nenhum separatista, Zainap dissera à enfermeira que os atendera no hospital, embora não tivesse conseguido realmente convencê-la, nem a si mesma. Todo mundo sabia que aquilo não era garantia de nada. Sem o resgate, rapazes da mesma idade e na mesma situação desapareciam para sempre. As mães passavam os dias a procurá-los entre os corpos jogados na terra pestilenta, cobertos de vermes e moscas, à saída de Grózni.

Ruslan havia contado à avó sobre um amigo de faculdade que, depois de perder o irmão mais velho, sequestrado pelos *mujahadin*,* desenvolveu um ódio indiscriminado não só contra os *wahhabitas*,** mas contra todos os *boieviki*, e assim passou a chamar, depreciativa e genericamente, os insurgentes de todas as classes e facções, embora durante a primeira guerra da Tchetchênia, ainda garoto, os tivesse apoiado e mesmo servido, lançando mão de sua inocência de criança para levar as mensagens dos rebeldes através dos postos de controle russos, com a anuência da família e o encorajamento do irmão mais velho. Aos dezoito anos, passou a tomar o mesmo ônibus que Ruslan, todas as manhãs, até as ruínas da universidade. Os ônibus da universidade eram escoltados pelos federais, mas nem por isso ele deixou de perecer nas mãos dos soldados russos, que ele terminara por defender e que, em contrapartida, também deveriam defen-

---
* Guerreiros fundamentalistas islâmicos.
** Seguidores da corrente conservadora do islamismo sunita predominante na Arábia Saudita.

dê-lo, nem que fosse por reconhecimento e retribuição. Os federais o detiveram, por razões jamais esclarecidas, durante um bloqueio no caminho da universidade, numa manhã cinzenta em que Ruslan perdera, excepcionalmente, a hora e o ônibus. O amigo estava desaparecido fazia dois meses.

Ruslan só não contou a Zainap quem era aquele rapaz e o que viveram juntos nos escombros do prédio da escola de medicina. Guardava, como amuleto, uma concha que ele lhe dera quando se reencontraram. Até o fim da primeira guerra da Tchetchênia, Akif residia a quinhentos metros de onde moravam Ruslan e sua avó, num apartamento do mesmo tamanho do deles, só que dividido com os pais e mais três irmãos. Era filho de um falsário, um desenhista talentoso que, num momento de dificuldade e fraqueza, forjara notas de dinheiro para uma quadrilha russa. Ficou dois anos preso e, depois de cumprir a pena, nunca mais conseguiu se empregar. A certa altura, passou a ganhar a vida fazendo retratos, mas apenas de pessoas que vinham de outros bairros da cidade, e que chegavam ali incógnitas. Na vizinhança, era tratado como criminoso. Ninguém nunca se permitiria pisar em seu apartamento, sob o risco de passar a ser visto também como criminoso. Quando eram meninos, Ruslan e Akif viam-se na rua ou no mercado, mas não se cumprimentavam. Ninguém cumprimentava a família de Akif. Todos conheciam a história do falsário. E Ruslan, em parte pelo silêncio e pelo mistério que o cercava, desenvolveu um fascínio por ele. Quando fez doze anos, logo antes do início da primeira guerra, para constrangimento do pai, pediu-lhe um retrato de aniversário, só pelo pretexto de poder entrar na casa do desenhista. Foi Zainap quem convenceu o filho a permitir que Ruslan posasse para o falsário. Todos gostariam de posar para o pai de Akif, considerado um exímio retratista, mas ninguém ousava. Prefeririam não ser retratados a ser apontados na rua depois. Zainap convenceu Chakhban de que o pedido do neto era, antes de mais nada, prova de personalidade e coragem. Durante os três dias em que posou para o falsário, por uma hora, à tarde, quando voltava da escola, Ruslan aproveitou para esquadrinhar o apartamento em todos os detalhes. E só na última sessão percebeu, surpreso, que Akif também o observava, de um canto da sala, talvez desde a primeira tarde. O retrato acabou destruído nos primeiros bombardeios da segunda guerra da Tchetchênia.

Pouco depois de o irmão mais velho de Akif ter sido sequestrado e assassinado, a família do falsário, que até então havia suportado com dignidade a rejeição e o preconceito, mudou-se para outra parte da cidade, provavelmente na esperança de poupar os outros filhos do mesmo destino do mais velho, e Ruslan perdeu o menino de vista. Daí a surpresa quando, três semanas depois de reabrirem a universidade (ou o que restava dela), já no auge da segunda guerra da Tchetchênia, achou tê-lo reconhecido no ônibus que os levava até o campus e se aproximou. Daí em diante, tornaram-se inseparáveis.

Qualquer tchetcheno a quem se fizer a pergunta dirá que não há homossexuais na Tchetchênia. E talvez por isso Ruslan e Akif não tenham sido vistos durante os meses em que se encontraram nas ruínas do prédio da escola de medicina. Porque eram invisíveis. Quando os russos não bloqueavam por completo as vias principais da cidade, ônibus escoltados por militares levavam os estudantes do centro até o campus e, mesmo quando não havia propriamente aula, a simples reunião de um punhado de alunos e professores no jardim diante do prédio semidestruído ou nas salas excepcionalmente aquecidas a gás já era suficiente para dar a impressão de que, a despeito de todos os indícios, e de continuarem encurralados pelo caos da guerra, algum tipo de normalidade era retomado. Enquanto alunos e professores discutiam os currículos de seus respectivos cursos, num esforço de reconstrução, os dois estudantes do primeiro ano de medicina se viam a sós nos escombros de uma sala de aula bombardeada.

Ao cair da noite, depois de receber a visita inesperada que mudaria o rumo de suas vidas, no que um dia fora a cozinha do apartamento e que, desde o incêndio do andar de cima, passou a lhe servir também de sala, Zainap ouviu os gemidos do neto no cômodo ao lado. Levantou-se e foi recobri-lo com a manta de lã que ele havia arremessado ao chão sem perceber. Podia reclamar da dor, mas não do frio. Lembrou de quando o recebera dos braços do pai, para que o criasse. Uma vez, quando tinha cinco anos, Ruslan acordara aos gritos no meio da noite. Sonhara que representava o que não podia caber no sonho.

— Como assim, o que não pode caber no sonho? — a avó perguntou, para acalmá-lo.

— O que pode existir em qualquer lugar, menos no meu próprio sonho. Por isso, tive que acordar rápido, para não desaparecer — o menino respondeu.

"Amanhã, ele não vai pegar o ônibus, não vai voltar à universidade. Assim que acordar, vai saber que vamos embora", ela pensou, contando o dinheiro que acabara de receber. Costurou as notas no cós da saia e fez as malas.

Agora, cinco meses depois, no campo de refugiados inguche, sentada diante da mesa de alumínio coberta com a toalha de plástico verde, Zainap observa o que lhe resta do dinheiro e pensa no que terá de dizer ao neto para convencê-lo a não acompanhá-la de volta para casa e para a guerra. Quer vê-lo longe dali. Terá de lhe explicar por que se apresentou às autoridades do campo, para integrar a próxima leva de refugiados que serão repatriados, antes mesmo de ter sido convocada (porque está doente), e isso apenas cinco meses depois de tê-lo convencido a fazer o mesmo percurso em sentido inverso, de Grózni para Malgobek, contra tudo e todos, tendo de pagar a cada barreira, corrompendo os guardas à entrada do campo, uma vez que as autoridades inguches já não concediam abrigo oficial a novos refugiados. Subornou Deus e o diabo. Mas, desde que chegaram, não pensa em outra coisa além de voltar para o meio dos bombardeios, dos tiros, das minas, dos bandidos e dos russos. Pode parecer um paradoxo, mas não vai perder a chance, agora que estão repatriando à força os refugiados. Só precisa ter certeza de que Ruslan não vai segui-la, que será levado para longe do Cáucaso e da guerra. Por isso, decidiu contar a história desde o início, onde começa seu segredo. Vai começar pelo desaparecimento do próprio marido, Arstan, durante a deportação, no inverno de 1944. Vai contar ao neto como o suposto avô desapareceu no trem a caminho do Cazaquistão, antes de o filho nascer, antes mesmo de o filho ser concebido. Nunca contou isso a ninguém. Nem mesmo a Chakhban, que tinha todo o direito de saber quem era seu pai. Manteve-se calada por mais de quarenta anos. E agora, antes de desaparecer, vai revelar ao neto uma história de mães e filhos. E isso apenas para chegar até a mãe dele, de quem tampouco lhe falara até então. Vai contar essa história para salvar Ruslan, para convencê-lo a sair dali sem ela. É claro que não vai mencionar a carta que escreveu faz três dias e que conseguiu enviar na véspera, apesar de todas as barreiras e interdições, porque tudo tem um preço. O resto do dinheiro ela entregará a Ruslan. Caberá a ele pagar o coronel Egorov, que se comprometeu a fazê-lo chegar são e salvo a Petersburgo. Daqui em diante Zainap não vai precisar mais do dinheiro que, costurado no cós da saia, todo furado de agulha, terminou adquirindo o cheiro do seu corpo.

    Ruslan dorme até as nove, como se não quisesse abrir os olhos, como se soubesse o que a avó tem a lhe revelar e tudo o que essa revelação significa para o seu futuro. Sonha com a primeira noite que passou com Akif nos trilhos abandonados do trem, em Grózni. A ameaça de serem descobertos, associada ao perigo dos bandidos e ao risco de serem alvejados, dava afinal um sentido heroico e rebelde à juventude que não viveram por causa da guerra. Tinha dito à avó que dormiria na casa de um amigo de faculdade. E acabou passando a noite num vagão abandonado, como se nada ao redor tivesse a menor importância, como se não estivessem no epicentro da guerra — ou melhor, como se estivessem imunes a ela ou fossem capazes de decretar uma trégua simplesmente por estarem juntos. De alguma forma, Ruslan passou a associar o amor ao risco e à guerra, porque não conhecia outra coisa. Associou o sexo à trégua (o desejo deixava a realidade em suspenso) e o amor à iminência da perda. E daí em diante só conseguiu amar entre ruínas.

    Foi àquele vagão abandonado que ele voltou, assim que soube que Akif desaparecera, na esperança de que ainda pudesse encontrá-lo escondido, à sua espera. Recusava-se a ver o óbvio. E foi lá, no vagão vazio, crivado de balas, abandonado numa cidade devastada, que ele compreendeu, sentado no chão, que nunca mais o veria. A dor lhe deu coragem para passar uma tarde inteira à sua procura, em meio ao campo fétido de corpos desmembrados que se amontoavam na terra revolvida da vala comum na periferia de Grózni. Uma mãe que afastava as moscas do rosto de uma criança que não era dela lhe perguntou quem ele procurava e Ruslan, pego de surpresa, sem saber mentir ou o que responder, disse: "Meu *kunak*",* uma forma de tratamento que ele nunca usara, e que não ouvia desde a morte do pai. *Kunak* era como o pai o chamava, em vez de filho.

Quando ele acorda, no campo inguche, o sol já despontou, o cheiro dos mortos é só uma lembrança difusa e a avó precisa lhe contar uma história. Também é num trem que começa a história de Zainap. Ela e o sogro estão no mesmo vagão. Foi separada do marido pelos soviéticos. Seus pais escaparam ao comboio dos deportados, por estarem fora de casa, nas montanhas, onde conseguiram se esconder, mas não por muito tempo. Na sua volta à Tchetchênia, quinze anos depois, ela descobrirá que foram assassinados à queima-roupa, uma semana após sua partida. Nunca mais vai saber do marido. O sogro, já bastante doente ao embarcar, não vai aguentar a viagem e morrerá antes de atravessarem a fronteira do Cazaquistão, nos braços dela. O corpo de Turpal será abandonado em algum lugar além do Volga, cujo nome ela não quis guardar.

À saída de Ástrakhan, o sogro passou mal. Apertava a mão da jovem nora como se assim pudesse se manter mais tempo entre os vivos. Mal tinham recomeçado a chacoalhar, à saída da estação, espremidos uns contra os outros, trancafiados no vagão carvoeiro. Algumas mulheres ainda tentaram chamar a atenção dos guardas russos na plataforma, por causa do velho que agonizava ali dentro — e que seria apenas o primeiro. Esmurravam as paredes de madeira por cujas frestas entrava o pouco do ar e da luz que ainda lhes permitia respirar e distinguir-se uns dos outros, mas o barulho do atrito das ferragens não deixava nin-

---

* Segundo as tradições inguches, um estrangeiro, ou membro de outro clã ou de outra tribo, com quem se estabelece um pacto de proteção e fraternidade.

guém ouvi-las do lado de fora. E, mesmo se as tivessem ouvido, era improvável que os soldados russos fizessem alguma coisa. Uma velha deu ao moribundo o que lhe sobrava da água fervida que conseguira trazer de casa antes de embarcar. Turpal resistiu mais duas horas, mas só até uma nova parada cardíaca, dessa vez fatal. O resto daquele trecho da viagem, Zainap fez ao lado do cadáver do sogro. Quando afinal pararam num entreposto, seis horas depois, ela pediu a um soldado que procurasse o marido em outro vagão, que lhe transmitisse a notícia do falecimento do pai e que os deixasse enterrar o morto antes de retomarem a viagem, mas tudo o que fizeram foi tirar o corpo de Turpal do vagão superlotado e deixá-lo estendido na plataforma, ao lado de outros, antes de jogá-los todos na mesma cova, depois da partida do trem. Sabiam que nada podia ser mais humilhante para um tchetcheno do que não enterrar seus mortos — e queriam se vingar da suposta aliança daquele povo com os invasores alemães derrotados em Stalingrado.

O clã do qual descendia Turpal fora aliado dos russos. Vinham da Inguchétia. No final do século XIX, convertidos ao islã, desceram das montanhas para Grózni, nas planícies tchetchenas. Em 1917, Turpal se uniu aos que aproveitaram a ocasião para lutar por uma república independente do Cáucaso do Norte e por isso foi preso, em 1918, e mandado para a Sibéria, em 1923, onde ficou por cinco anos. Voltou com uma doença no coração que terminaria por matá-lo naquele vagão carvoeiro a caminho do Cazaquistão, dezesseis anos depois. Arstan, o marido de Zainap, nasceu em 1918, seis meses após a prisão do pai. Foi criado fora da religião. Sua mãe, filha de uma família burguesa de Grózni, havia estudado na Alemanha, onde recebera uma educação ocidental laica, embora os irmãos seguissem as tradições sufistas. Arstan só foi conhecer o pai aos dez anos, quando Turpal voltou da Sibéria, em 1928. Em 1937, o próprio Arstan foi deportado para o Gulag, por estar associado a grupos de jovens que planejavam a independência. Conheceu Zainap ao retornar a Grózni, em 1940. Ela não passava de uma menina. Tinha dezesseis anos. Ele era um homem alto e forte, com olhos azuis e cabelos escuros. E por isso apelidaram-no de "circassiano". Tinha uma aparência imponente e vigorosa, mesmo depois dos anos de trabalho forçado nas minas e nos campos. A família não permitiu que ela se casasse antes dos dezoito anos. E os dois esperaram com paciência. Renovaram suas promessas por dois anos, casaram-se na guerra e viveram juntos apenas dois anos, durante os quais ela engravidou duas vezes e por duas vezes perdeu a criança. Foram deportados em fevereiro de 1944, junto com o resto da população tchetchena, acusada por Stálin de traição e aliança com os invasores nazistas. Quando finalmente chegou ao Cazaquistão, Zainap já não via o marido fazia mais de duas semanas. Passaria o resto da vida sem saber se ele morrera na viagem, se continuara até o Quirguistão, se fora deportado para a Sibéria ou se simplesmente conseguira escapar. Ela voltou para Grózni em 1959, um ano depois de começarem a repatriar a diáspora tchetchena. Tinha medo do que podia encontrar. Voltou com o filho de um ano. A gravidez a surpreendera quando ela menos esperava. Por ele, decidiu adiar a volta. E nunca ninguém lhe pediu nenhuma explicação. Como se tivesse crédito pelo que havia passado.

Conforme narra a história, Zainap tampouco dá explicações ao neto. E é ele que, fazendo as contas, em silêncio, compreende o que ela está dizendo. Ruslan entende que a avó não tem condições de lhe contar nada sobre o tempo que passou no Cazaquistão, a maior parte numa fazenda coletiva, nem sobre quem é seu verdadeiro avô, pai do seu pai, e não a interrompe com perguntas que ela não pode responder.

— Eduquei seu pai sozinha. E, por estarmos sós, ele compreendeu desde o início que a vida dependia dele. Formou-se em química e conseguiu uma especialização na universidade em Leningrado, onde conheceu sua mãe. Não entendi quando quis voltar para Grózni, com a mulher grávida. Já estava com trabalho garantido em Leningrado, não tinha por que voltar. Também não me parecia uma boa ideia que não estivessem casados. Mas logo nós íamos entender a razão, ele e eu. Sua mãe era jovem. E os jovens são inconsequentes. Peço que você faça um esforço para compreender o que estou lhe dizendo, como eu mesma tentei compreender na época, e não a julgue. Você é homem. Nem toda mulher quer ser mãe. Ainda mais quando a criança se interpõe entre ela e o mundo de onde ela veio, e a impede de voltar a ser quem ela era. Durante um ano, no Cazaquistão, eu vi tchetchenos voltando para Grózni, um depois do outro, mas eu mesma não podia voltar. Não tinha coragem de voltar com uma criança sem pai. Que é que eu ia dizer a Arstan se o encontrasse vivo? Um filho dá e tira a vida ao mesmo tempo. Menos de dois meses depois de você nascer, Anna foi embora. Tinha vindo para o Cáucaso já com a ideia de abandonar vocês dois. Uma tarde, quando Chakhban chegou em casa do trabalho, não a encontrou. Você estava muito quieto, como se tivesse entendido que tinha sido abandonado e que não adiantava chorar. Também não chorava quando eu o recebi dos braços de Chakhban. Anna era uma mulher cheia de vida. Não era à toa que seu pai estivesse apaixonado por ela. Nunca se recuperou. Fui contra quando ele passou a dizer que ela havia morrido. Mas o que é que eu podia fazer? Se preferiu te dizer que ela estava morta, não foi só para esconder a verdade e para te proteger, mas porque era isso também que ele precisava ouvir para seguir vivendo. Não o julgue agora, quando ele já não pode se defender. Ele nunca a esqueceu. Eu sei o que é passar a vida à espera dos desaparecidos. Ele manteve o retrato dela na carteira até morrer. E, no fundo, pelo pouco que a conheci, acho que ela também não deve tê-lo esquecido.

Quando Chakhban chegou a Leningrado, em 1979, para estudar a química dos compostos naturais, não conhecia ninguém na cidade. No início, o plano era voltar para o Cáucaso e trabalhar na prospecção de petróleo. Passava os dias entre a ilha de Vassílievski, onde dividia um pequeno apartamento com dois bolsistas estrangeiros, um cubano e um mongol, e o campus de Petrodvórets. Ficava até altas horas trancado no quarto. Dormia sobre os livros. Era um aluno aplicado, um dos melhores da faculdade. Aproveitava as horas que passava no trem, todos os dias, entre a cidade e o campus, para estudar. Não pensava em outra coisa além de aulas e provas. Até encontrar Anna, num ônibus, subindo a avenida Niévski, quando já estava na cidade fazia dois anos, e se deixar seduzir pelo sonho de passar o resto dos seus dias ali. Ela estudava francês na universidade. Desde pequena, falava francês com o avô, um médico letrado, de outra época. Fora educada para ter um objetivo na vida. Segundo a mãe, a quem ela nunca o apresentou, Anna se perdeu no dia em que conheceu Chakhban; ele era uma infeliz interrupção no projeto de vida de uma moça inteligente e promissora. Desde que o viu no ônibus, esqueceu que estava à espera de um marido russo que pudesse lhe assegurar os privilégios que a sua educação exigia, como dizia a mãe, e passou a viver uma suspensão da realidade. Por um intervalo que durou quinze meses, ela se deixou levar, pela primeira vez sem ter nada planejado ou calculado, pelo que dizia o coração. E, como não podia deixar de ser, pela lógica que lhe fora transmitida desde pequena, acabou quebrando a cara. O idílio começou a dar sinais de esgotamento quando descobriu que estava grávida. Cada vez menos convencida, em recaídas amorosas cada vez mais espaçadas, ela ainda assim se deixava persuadir por Chakhban, que queria um filho. Sua inconsequência a fez hesitar até quando já não podia voltar atrás, depois de revelar o segredo à irmã — a única na família a ficar sabendo, e que a exortou demasiado tarde a fazer um aborto: "Essa criança vai arruinar a sua vida". Numa reviravolta inesperada, Anna, que antes não cogitava deixar Leningrado por nenhuma outra cidade, nem mesmo por Moscou — tanto que tinha convencido Chakhban a se estabelecer ali, com ela —, agora tentava fazê-lo mudar de ideia e levá-la para Grózni, onde pretendia ter a criança e criá-la segundo os costumes locais. Para ele, a mudança intempestiva e radical, se por um lado arruinava seus planos profissionais, por outro revivia um velho sonho do qual ele havia abdicado ao conhecê-la. Não podia estar mais cego. Por Anna, ele se dispôs a abrir mão dos projetos com os quais vinham sonhando juntos e deixar para trás o que já havia conquistado na cidade, para cumprir um desígnio maior, que lhe cabia por nascimento: voltar e constituir família em seu país. Sem avaliar as consequências, iludido pela mulher que lhe daria um filho tchetcheno, embora nem fossem casados, embarcaram juntos para Grózni.

— Anna foi embora dois meses depois do seu nascimento. No começo, fiquei revoltada, mas aos poucos, conforme fui me apegando a você, obrigada a voltar a ser mãe por necessidade, comecei a entender. Se desde o início ela pretendia abandoná-los, era melhor que saísse o quanto antes. Não são todas as mães que amam desde o início. E Anna tinha vindo para Grózni para se livrar do amor. As mulheres nascem para um amor que é insustentável e que passam a vida tentando compensar com amores secundários, para não ficarem loucas. Por isso, querem mais de um filho, para que o amor de um anule o do outro. Quando começam, não podem parar. É estranho que se esqueçam tão rápido dos filhos que morreram. A morte de Chakhban me fez entender melhor as mães que matam os filhos ao nascer. É melhor não ter um filho do que perdê-lo. Quanto mais Anna ficasse ao seu lado, mais difícil seria deixá-lo. E ela não podia ficar. Só Chakhban não queria ver. Ela deve ter sofrido também. Deve sofrer até hoje. Quando seu pai morreu, pensei em avisá-la, mas não tive forças. Passei a vida esperando a notícia da morte de Arstan, que nunca veio. Nunca soube o que aconteceu com ele. Pior do que saber da morte de alguém é não saber. Não vou durar muito. Mas você não está sozinho. Tem mais alguém no mundo além de mim. Aqui está o endereço, se algum dia você decidir procurá-la.

Ela lhe entrega um pedaço de papel, que ele recebe com constrangimento. Ela insiste:

— Talvez você queira saber como vai fazer para chegar a Petersburgo.

Ruslan não diz nada. Ela toma coragem e prossegue:

— Com o mesmo dinheiro que nos fez chegar até aqui. Há cinco meses, logo depois de eu levá-lo para casa, de volta do hospital, no final da tarde, enquanto você dormia, bateram na porta. Achei que tudo estava perdido, que os russos tinham voltado para levá-lo de vez. Eu não ia abrir, mas uma voz que eu conhecia disse o meu nome do outro lado da porta. Era uma voz de mulher. Uma voz que eu nunca mais tinha ouvido, desde o exílio, no Cazaquistão. Nunca mais tínhamos nos visto. Para mim, era uma assombração do passado. Pediu para entrar. Ouviu falar do que tinha acontecido com você e estava ali por isso. Precisava falar comigo. Eu abri e ela entrou. Por muitos anos, devo ter sido a pessoa que ela menos quis ver no mundo. Ela disse que não guardava rancor. O marido tinha morrido fazia um mês, do coração. E aquela notícia, que em outros tempos teria me abalado tanto, estranhamente não me fez sentir nada. Nada. Os filhos tinham morrido nas montanhas, em combate. Eu já sabia. Mas era incrível que eu só viesse a saber da morte dele com um mês de atraso. Ela se desculpou pelo marido não ter se manifestado quando Chakhban morreu. Todos estavam morrendo a nossa volta. Ela disse que tinha vindo por você, para saldar uma dívida. E me entregou o dinheiro. Este dinheiro. Soube que você tinha sido preso e trazia o dinheiro para tirá-lo de Grózni. "Leve-o para bem longe", ela disse. Ela própria não tinha mais nada a perder. Não tinha para onde ir. Nem uso para o dinheiro. Disse que era o mínimo que podia fazer, o que o marido nunca tinha feito. Depois, se levantou e foi embora. Este dinheiro é seu, por direito, por herança. É o dinheiro que o pai do seu pai guardou ao longo da vida e para o qual a viúva já não tinha uso depois da morte dos filhos.

Como ela já esperava, Ruslan se recusa a deixá-la voltar sozinha para Grózni. Diz que irá aonde ela for. Zainap escuta o neto, calada. Tem tudo planejado. Duas semanas depois, seu corpo será encontrado a três quilômetros do campo. Ela e o neto estavam na lista de refugiados que seriam repatriados na semana seguinte. Muitos no campo, sem conhecer a história de perto, atribuem a morte da velha doente à iminência da repatriação forçada e se revoltam contra as autoridades por obrigarem-na a voltar para a guerra e os escombros de uma cidade que já não existe. Chegam a fazer um pequeno protesto, que logo é debelado. Ruslan só dá pelo sumiço da avó ao meio-dia, quando ela não volta do dispensário, aonde deveria ter ido buscar remédios.

Pela manhã, antes de saber do desaparecimento de Zainap, ele é entrevistado pela equipe de documentaristas russos que chegaram ao campo acompanhando a missão de médicos franceses. Eles lhe pedem que sente num banquinho diante da câmera armada sobre um tripé dentro de uma barraca da administração. A entrevistadora pergunta a ele como são as condições no campo.

— O que é que o impede de voltar para Grózni?

— Nada. É o que vamos fazer no próximo comboio, a avó e eu.

Vinte e quatro horas depois, ele recebe a notícia de que os guardas a descobriram a três quilômetros do campo, sentada com as costas apoiadas no tronco de um vidoeiro, o corpo enregelado e uma expressão de felicidade no rosto.

Ruslan a enterra longe de casa, que era a última coisa que ela podia desejar. Faz tudo de acordo com as tradições. Conta com a ajuda de outros refugiados. E, depois de dois dias de hesitação, seguindo as instruções deixadas pela morta num bilhete borrado, decide procurar o coronel Egorov, que só visita o campo uma vez por semana, aos sábados. Num primeiro momento, o coronel desconversa, finge que não sabe de nada. Mas, diante da insistência do rapaz, termina mudando o discurso. Ruslan ameaça denunciá-lo à equipe de documentaristas e aos médicos franceses, e o coronel, depois de perscrutá-lo com os olhos, aceita o dinheiro que ele lhe entrega. Pergunta se ele está pronto para o trabalho pesado, vai ter que dar duro na reconstrução de Petersburgo, para a comemoração dos trezentos anos da cidade.

3. Três semanas depois, em São Petersburgo

Faz um mês que começaram as reformas e Anna ainda não se acostumou com a escuridão da sala quando abre a porta de casa ao meio-dia. Falta um ano para a comemoração do tricentenário e a fachada do prédio já está em obras. Até o aniversário estará decrépita de novo. As janelas têm de ficar fechadas, se não quiser ver a casa coberta de pó em poucas horas — o que acaba acontecendo de qualquer jeito, pelo acúmulo vagaroso e imperceptível dos dias, pelas frestas. Desde que começaram as reformas, ela tenta passar a maior parte do dia na rua. Só volta quando o sol se põe. Quando está em casa, tem de acender as luzes, e as luzes acesas durante o dia a deprimem. Os raios do sol entram pelas frestas das venezianas, riscando o ar parado, quase sólido, e revelando, em sete faixas paralelas, partículas mínimas, normalmente invisíveis, que flutuam entre as janelas e o divã. A cena remete à infância, que remete à morte. Anna se lembra dos estertores do avô, médico e amante da literatura, confinado a uma cama alta num quarto com janelas fechadas, por causa do calor do verão, na antiga *datcha* da família, a caminho de Víborg. É uma recordação ruim, entre outras que ela tenta evitar. A fachada do prédio está coberta por andaimes e telas azuis que deveriam proteger os pedestres da poeira, o que tampouco acontece. Desde que começaram as obras, todos, com exceção de Maksim, o filho mais velho, passaram a deixar não apenas os sapatos no hall de entrada, como sempre fizeram, mas também casacos e suéteres empoeirados. Há noites em que o hall do apartamento mais parece um cesto de roupa suja. Quando chega em casa, ela guarda os casacos nos armários e sacode os suéteres na escada, antes de dobrá-los. Mas hoje, tendo voltado excepcionalmente ao meio-dia, não encontra nenhuma peça de roupa no hall. O apartamento está vazio. Dmítri teve de ir a Moscou a trabalho e só voltará para jantar. Roman, o caçula, está na escola, e Maksim pode passar semanas sem aparecer. Ela fecha a porta e se abaixa para pegar um papel no chão. É um aviso do correio. Lê o seu nome. É um cartão, de modo que ela não precisa abrir a correspondência para saber do que se trata. Pedem que compareça à agência central da rua Pochtamtskaia, para retirar uma encomenda. Não há nenhuma outra informação, nem mesmo sobre a procedência. Anna não faz ideia de quem possa ter lhe enviado uma encomenda registrada. É estranho receber um aviso debaixo da porta. Se o tivessem deixado na caixa de correio da portaria, como de hábito, ela nunca o teria pegado. Não recebe cartas. Não abre envelopes. Quem a conhece sabe. É uma espécie de fobia. Há vinte anos, evita receber notícias. Desde que se casaram, tudo o que chega pelo correio fica nas mãos de Dmítri. É ele quem abre as contas e distribui a correspondência entre os membros da família. Os amigos, sabendo dessa esquisitice de Anna, tampouco lhe escrevem, e ela não tem o que temer. Deixa o aviso do correio em cima da mesa, enquanto leva as compras para a cozinha. Como está só, prepara apenas um sanduíche com a salada e o queijo que trouxe do mercado. Senta-se à mesa e come diante da TV. É hora de um programa de auditório ao qual ela raramente assiste. Uma atriz vulgar de televisão, cujo nome ela nunca ouviu, dá um depoimento emocionado sobre um rapaz que morreu na tragédia do *Kursk*, o submarino nuclear, dois anos antes. O marinheiro foi seu namorado na adolescência. A atriz desfia suas recordações do morto. Há um oportunismo flagrante na voz, que revolta Anna. O apresentador é um homem gordo e pálido, com um terno cinzento e gravata listrada, vermelha e verde. Puxa pelos detalhes. A cena é penosa. A simples menção ao submarino provoca em Anna uma repulsa automática. Ela troca de canal. Nos dias imediatamente posteriores ao acidente, causado ao que tudo indica por uma pane no disparo dos torpedos, quando ainda não se sabia quantos membros da tripulação presa nas profundezas do mar de Bárents à espera do resgate poderiam ter sobrevivido à explosão, houve uma tarde em que ela teve de ser socorrida na rua, com falta de ar, assombrada pela imagem demasiado vívida de marinheiros e oficiais, sufocando conforme o ar se consumia no interior do submarino avariado, encurralados no fundo do mar, a quilômetros das paisagens desoladas da costa do Norte, enquanto ela batia pernas pela avenida Niévski. A imagem dos marinheiros escrevendo as últimas palavras aos familiares, separados dos colegas mortos num compartimento hermeticamente fechado, na popa do submarino, mas condenados à mesma sorte, a menos que ocorresse um milagre, atormentava-a e a perseguia aonde quer que ela fosse. E foi o que bastou para fazê-la desfalecer no meio da rua. Levada a uma clínica de urgência, nada foi descoberto em nenhum dos exames. O médico que a atendeu garantiu que ela não era a única a manifestar sintomas nervosos naqueles dias difíceis e lhe sugeriu que procurasse um psiquiatra. Anna voltou ofendida para casa. Durante meses, desligou a televisão sempre que se referiam ao submarino nos noticiários. Também por meses a fio, evitou ler os jornais. E fica surpresa ao perceber que, passados dois anos, ainda não está curada.

Ela segue trocando de canais. Para, mais por inércia do que propriamente por decisão, numa emissora para jovens, que exibe a reprise de um programa do verão passado. Um grande palco foi montado numa praia do golfo da Finlândia. Dia claro, um DJ faz a multidão dançar, em trajes de banho, ao som de *trance music*. O apresentador eletrizado corre de um lado para outro do palco. Volta e meia, interrompe a música para inflamar o público com novas propostas. Chama ao palco cinco concorrentes a rainha do verão. Cada uma das moças, de biquíni e seios transbordantes, tenta formular, não sem alguma dificuldade, uma frase à glória da mãe-pátria. Faz parte do concurso. Anna se distrai enquanto procura distinguir, por vício, o rosto de Maksim no meio do público. Esquece que se trata de uma reprise do verão passado. Supõe que o filho mais velho frequente esse tipo de festa. É um desígnio improvável e ela volta a si logo que uma das concorrentes a rainha grita, estridente: "Vamos mostrar ao mundo quem somos, mãe Rússia. Vamos fazer o mundo ajoelhar mais uma vez aos nossos pés". E, diante da imagem do apresentador de joelhos e boca aberta aos pés da moça de peitos grandes, que ameaça tirar a parte de cima do biquíni enquanto é ovacionada pela plateia, ela desliga a TV. Não há mais nada para desviar a sua atenção do aviso do correio no canto oposto da mesa.

O envelope foi remetido de um campo de refugiados na Inguchétia, por meios pouco habituais. É a única razão para ela ter sido convocada à agência central. Mas isso ela não sabe até chegar lá. Querem que explique a procedência, já que estão no meio de uma guerra. É claro que, se soubesse de antemão do que se tratava, e que a correspondência vinha do Cáucaso, Anna nunca teria comparecido ao correio. Apresentou-se por pura imprudência à rua Potchtámskaia, como se vinte anos de precauções, sem abrir cartas, não a tivessem preparado para o momento em que mais precisava ser precavida. Distraiu-se justamente quando não podia — talvez por andar à procura de pretextos para passar mais tempo na rua. Não voltava à agência central do correio desde a infância, quando costumava visitá-la com a avó, que, depois da morte do marido, passou a mandar cartas semanais ninguém sabia exatamente para onde nem para quem. Na mais completa inocência, Anna se dirige primeiro a um dos guichês à direita, de onde, depois de esperar vinte minutos na fila, é encaminhada, para sua surpresa, a um supervisor. Começa a entender o que a espera — ou, pelo menos, a desconfiar. Pensa em retroceder, mas já é tarde. Não lhe dizem qual é o problema até quando, fechada na sala do supervisor, ele lhe pergunta se ela tem família em Grózni. E, nessa hora, sem saber o que dizer, ela compreende que ele leu a carta. E o que, durante vinte anos, quem não conhecia nada da sua vida pregressa atribuiu a uma espécie de loucura ou histeria afinal se justifica objetivamente. Ela ruboresce e gagueja:

— Não. Ninguém.

— Tem certeza?

Ela aquiesce em silêncio, tentando conter o nervosismo.

O supervisor examina o cadastro da correspondência de Anna Vassílievna no computador, igualmente mudo. De onde ela está sentada, não pode ver o que ele lê, com interesse, na tela do computador. Ele lhe assegura que o interrogatório é mera formalidade de controle, que ela decerto poderá compreender, haja vista a gravidade da situação e as ameaças à segurança interna do país. Ela aquiesce mais uma vez, constrangida, enquanto assina o papel que ele lhe estende antes de lhe entregar o envelope aberto, com um sorriso que a desmascara e humilha. É claro que ele conhece o teor da carta, seja ele qual for, e sabe perfeitamente que ela mentiu. Não é um sorriso cúmplice, muito menos de solidariedade. O sorriso do supervisor apenas expõe a fraqueza de Anna. Ela está nas mãos dele. Chega a cogitar pedir-lhe sigilo, que tudo fique entre eles — afinal, o marido não sabe de nada —, mas prefere calar. Invoca, em silêncio, a pouca dignidade que lhe resta, guarda o envelope na bolsa e se levanta. Daí em diante, e por cerca de duas horas, não se lembrará de nada, como se estivesse em transe ou sob efeito da hipnose. Não vai se lembrar do que lhe disse o supervisor ao se despedir, nem do seu sorriso sarcástico. Não vai se lembrar de ter saído às pressas pelo salão esverdeado do correio central, sob a luz difusa da imensa claraboia, nem de ter caminhado a esmo pela Bolcháia Morskáia e de, por fim, debruçada sobre o parapeito da barragem do rio Móika, com as ruínas abandonadas dos estaleiros de Nova Holanda na sua frente, a cinco metros de um velho barbado que está sempre ali, num pequeno barco, pescando com uma vara improvisada, ter se esvaído num choro convulsivo, como não lhe acontecia fazia anos. Minutos depois, procurando recompor-se, confusa, limpando com um lenço o rosto borrado de rímel enquanto toma coragem, ela tira o envelope da bolsa e lê a carta datada do mês anterior, enviada de um campo de refugiados na Inguchétia.

4. Vinte dias depois

Roman está debruçado sobre livros e cadernos espalhados na mesa da sala. Está estudando para as provas finais, quando tocam a campainha. Desde que começaram as reformas na fachada do prédio, tem que acender as luzes mesmo durante o dia. Está sozinho em casa. A mãe passa os dias na rua. Diz que a casa escura a deprime, assim como a debilidade das luzes acesas a competir com o sol do lado de fora. No fundo, Roman acha que é mais um pretexto para ela não cuidar da casa, cada vez mais desarrumada e caótica, mas não diz nada. A mãe é uma mulher frágil. Nas últimas semanas, não evita apenas abrir a correspondência, tampouco abre a porta. Anda cada vez mais nervosa. No interior protegido da sala, com fones enfiados nos ouvidos para não escutar o estrondo da obra, Roman costuma perder a noção do tempo. Só quando o pai chega do trabalho, no final da tarde, ou quando a mãe volta das compras, é que ele se dá conta do mundo ao redor e que já é noite. Maksim não aparece faz cinco dias. Pode estar de novo metido em encrencas. Parece com a mãe em muitas coisas, e não é à toa que seja seu preferido. Logo que entrou para a universidade, vai fazer um ano, passou a justificar suas ausências dizendo que estava estudando com amigos. Mas, desde que foi desmascarado há cinco dias pelo pai, quando ficou claro que já estava reprovado por faltas em várias matérias, deixou de inventar desculpas e desapareceu simplesmente. Vai voltar quando lhe der na telha. Quando precisar, porque não tem vergonha. Apesar de quatro anos mais velho que Roman, no geral Maksim é mais imaturo e irresponsável. Quando não está em casa, tudo fica mais silencioso. Por isso, e porque hoje, excepcionalmente, os operários interromperam os trabalhos ao meio-dia, Roman não está usando os fones enquanto estuda, e pode ouvir perfeitamente a campainha. Ele se levanta e vai atender a porta. Um homem vestido com um macacão encardido quer falar com a dona da casa. Roman nunca o viu na obra, o que não quer dizer muita coisa. Não costuma prestar atenção nos trabalhadores do prédio. E é normal que não os conheça de vista, pois há grande rotatividade na equipe e quase todo dia aparece um rosto novo. O operário de macacão encardido pode muito bem ser um deles. Mas não está coberto de pó, como os outros que Roman costuma cruzar no pátio e, mais raramente, nas escadas. É como se tivesse tomado um banho e se arrumado antes de vir. O rapaz não é baixo nem alto, tem cabelos pretos, um pouco encaracolados e brilhantes, e olhos escuros. A barba é espessa, mas cortada rente ao rosto. O botão aberto no colarinho da camisa deixa entrever muitos pelos no peito. Pelo sotaque, Roman diria que ele é do Cáucaso, embora se expresse com fluência, num russo gramaticalmente impecável. Não passa por sua cabeça de adolescente que o operário é feio ou bonito. Tampouco nota algum traço familiar. O operário o examina com uma expressão de surpresa. Não esperava encontrar um adolescente. Roman, por sua vez, não acha estranho que ele queira falar com a mãe — e não com o pai. Àquela hora do dia, o mais natural é mesmo querer falar com a dona da casa. Dmítri está no trabalho.

— Ela não está. É sobre o quê? É sobre os batentes?

Roman ouviu a mãe dizer ao pai na véspera que, daquele jeito, acabariam tendo de trocar também os batentes, ela chegara a mencionar o assunto ao mestre-de-obras. O operário se atrapalha por um segundo, mas logo se recompõe. Diz que é, sim, sobre os batentes. Se a dona da casa quiser, pode aproveitar a obra da fachada para trocá-los junto com os outros apartamentos por um preço mais em conta. Roman diz que a mãe volta às sete da noite. E que também costuma estar em casa de manhã, até as dez. O operário agradece e diz que volta outra hora.

Quando Anna chega em casa, Roman não lhe fala do homem que veio procurá-la. Só se lembra de dizer durante o jantar. E aí, entre uma coisa e outra, a mãe não lhe dá ouvidos. Está no meio de uma conversa com o marido, justamente sobre a obra da fachada, que promete se alongar por meses. Ela quer saber quando vão terminar. Está exasperada. No fundo, falar da obra é um pretexto para reclamar de outras coisas.

— De que adianta reformar as fachadas se o interior continua podre?

Dmítri passa a mão na cabeça raspada e não responde. Sabe do que a mulher está falando. Continua a tomar o borche, produzindo um barulho que a exaspera ainda mais, enquanto aspira colheradas de sopa. Como se não bastasse o que descobriu no computador de Maksim antes de ela chegar em casa, e que decidiu não dividir com ela para poupá-la de mais um aborrecimento, ainda tem que ouvir suas reclamações. Anna emenda um assunto no outro. É sempre assim quando está irritada. Lembra de coisas esquecidas. Uma coisa puxa a outra. Quando fala da irmã, que, por ser matemática, esbanja o senso prático que lhe falta, e que talvez por isso mesmo hoje viva em Nova

York, enquanto Anna continua aqui, neste fim de mundo, é sempre para fazer a mesma queixa, como se o casamento a tivesse desviado do seu destino natural, como se tivesse abdicado de uma vida na América por causa do marido, funcionário dos serviços secretos, quando no fundo só tem a lhe agradecer, ele foi a sua salvação. Ela quer saber quando vão poder visitar a irmã em Nova York. Dmítri respira fundo e se dirige à mulher num tom irresoluto entre a resignação e a ironia, como se explicasse a uma criança, pela enésima vez, uma interdição em tudo mais natural e sensata:

— Enquanto eu estiver nesse cargo, não posso sair da Rússia. Você sabe muito bem. Nós dois decidimos juntos. Ou você já se esqueceu? Nós dois concordamos com isso, quando resolvi aceitar, ou não concordamos? Por causa do salário, está lembrada? Não podia passar a vida no mesmo lugar, ganhando a mesma coisa, ainda mais com os meninos. E quem é que vai sustentar esse aí — ele aponta para Roman — até ele se formar? É bom você se acostumar com a ideia. Não posso sair do país pelo menos por cinco anos depois de deixar esse cargo, é a regra, e não posso largar esse trabalho antes de ele se formar. A menos que eu seja demitido. Se eu soubesse que o Maksim ia jogar tudo pela janela, não tinha feito metade do sacrifício.

Anna faz como se não tivesse ouvido, diz que assim não é possível, que não é proibindo as famílias dos funcionários de passar os fins de semana em Helsinque, como eles costumavam fazer no passado, três vezes por ano, antes de Dmítri aceitar a promoção, que o FSB vai impedir que se revelem segredos de Estado às potências estrangeiras. Ele está cansado daquela conversa que se repete sempre que alguma coisa está errada. Não sabe o que há de errado com ela, mas com ele a coisa errada é o que encontrou no computador de Maksim. É tão errado que ele prefere não tocar no assunto.

Anna também teria todas as razões do mundo para não abrir a boca e se complicar ainda mais. Está uma pilha. É inútil tentar disfarçar o nervosismo. E por isso procura falar de coisas disparatadas, para se distrair. Projeta a irritação em assuntos surrados ou indiscutíveis, como o emprego de Dmítri, para esquecer o que realmente a atormenta. Fala quando devia ficar em silêncio. Faz cinco dias, coincidindo com o mais recente sumiço do filho mais velho, ela deu pela falta da carta que fora buscar três semanas antes na agência central do correio e que tem quase certeza de haver escondido numa gaveta onde também costuma guardar dinheiro. Já revirou a casa inteira e não consegue achar o envelope remetido da Inguchétia, cuja procedência ela teve de explicar pessoalmente ao supervisor do correio, porque estão em guerra, como ele fez questão de lembrar. Foi um erro guardar o envelope em casa. Podia ter se livrado da carta logo depois de lê-la, mas por uma razão que lhe escapa e a irrita não conseguiu se desvencilhar dela. Desconfia que o filho a tenha roubado junto com o dinheiro. Marido e mulher escondem um do outro o que supõem saber sobre o filho mais velho.

Roman se levanta antes de os pais terminarem de comer.

— Aonde você pensa que vai, rapazinho? — Anna o interpela.

— Já terminei.

— Mas nós não.

— Deixe ele ir — diz o pai.

Roman sai. Vai para o quarto e fecha a porta.

— Alguém precisa receber um pouco de educação nesta casa. Ou você quer que ele acabe como o irmão? — Anna retruca.

— Foi você quem estragou o Maksim. Era capaz de fazer qualquer coisa por ele. Sempre foi o seu queridinho.

— Do que é que você está falando? — Anna retruca, baixo, para que Roman não os ouça, tentando calar o marido com um gesto das mãos.

— Por acaso você sabe onde ele anda?
— Por quê? Você sabe? — ela pergunta.
— Talvez.

Anna se espanta. Tem medo de fazer a pergunta errada, que poderá denunciá-la, mas não resiste:

— Você o viu? O que foi que ele te disse?
— Ele? Nada. Não vejo o Maksim há tanto tempo quanto você.
— Então, o que é que você sabe?
— Antes, preciso ter certeza.

A resposta deixa Anna ainda mais vulnerável e aflita:

— Certeza do quê?
— Deixe eu confirmar primeiro.
— O que é que você está escondendo?

Agora é Dmítri que se surpreende com a pergunta e o nervosismo da mulher. Por vício profissional, aprendeu a desconfiar de todos e a reconhecer culpados entre os inocentes. O que ele diz, com as sobrancelhas arqueadas, é uma frase automática, mas de efeito imediato:

— Eu é que pergunto.

Anna se levanta, sem responder, e começa a tirar a mesa. Está embaraçada. Vai até a cozinha. Quando volta, o marido está terminando o borche, curvado sobre o prato fundo, em silêncio a não ser pelas últimas colheradas que ele sorve. Ela observa a nuca grossa, a mancha avermelhada de nascença bem abaixo de onde começa o couro cabeludo raspado. Tem vontade de golpeá-lo pelas costas:

— Você ainda segue a lógica de um mundo que acabou. Suspeita até de si mesmo. Deve ser uma vida horrível. Só vai parar de desconfiar no dia em que morrer. Tenho pena de você.

— É o mesmo mundo. São as mesmas pessoas, em outros papéis.

— Talvez você também devesse mudar de papel.
— Terminei uma nova investigação.
— E quem é a vítima desta vez? — ela pergunta, sarcástica, tirando o prato do marido.
Ele acende um cigarro, traga:
— Gente que eu não imaginava.
— Pra variar — ela rebate, da cozinha, lavando o prato do marido.
— As regras não mudaram, são as mesmas.
— Enquanto gente como Márkov tira vantagem da nova situação, você desperdiça seu tempo como cão-de-guarda de quem se especializou em condenar desafetos.
— Corro menos riscos onde estou.
— Um burocrata do serviço secreto. Devia seguir o exemplo dos seus colegas.
— Qual deles?
Anna pensa por um segundo, nenhum nome lhe vem à cabeça:
— O próprio Márkov. Fez fortuna. O futuro deles está garantido.
Dmítri traga:
— Não tenho tanta certeza.
— Como assim? — ela pergunta, de volta à sala.
Ele dá de ombros. A ironia não podia ser maior. Anna foi dar justamente o pior exemplo, aquele que justifica os argumentos do marido. Ela compreende. Ela o conhece:
— Mas foi o Márkov que te levou para o FSB! Você deve quase tudo a ele.
— Trabalhei durante meses nesse dossiê. Dei o maior duro. Levantei provas sozinho, para não haver vazamentos. Ele não é o único implicado. Vão pedir a cabeça de mais gente.

— E a Nádia e os meninos?
— Ele conhecia as regras e se arriscou. Faz parte do jogo. Quanto menos você sobe, menor o tombo.
— Ele já sabe?
Dmítri levanta o braço e olha o relógio:
— Provavelmente.
Anna está inconformada. Olha para o marido com desprezo:
— Você não entendeu. Perguntei se ele sabe que foi você.
— Se não fosse eu, teria sido outro.

Roman e Dmítri saem de manhã cedo, antes de Anna acordar. Duas horas depois, ela está na cozinha, recolhendo a louça do café-da-manhã que o marido e o filho deixaram secando no escorredor (pelo menos, desde o começo das obras passaram a lavar os pratos antes de sair). Já estava com a mão na maçaneta da porta da rua, quando se lembrou da louça e voltou para guardá-la no armário, deixando a bolsa em cima da mesa e a chave na fechadura. Tudo o que fica exposto corre o risco de terminar o dia empoeirado, mesmo com as janelas fechadas. É quando ela ouve a campainha. E, na pressa, se esquece de que, há três semanas, não abre a porta para ninguém.
— Já vai!
Não faz ideia de quem possa ser a esta hora. Certamente, alguém da obra. E, de fato, quando abre a porta, depara com um homem vestindo um macacão encardido. É um pouco mais alto do que ela e está com o cabelo escuro desalinhado. Há um momento de silêncio entre os dois. Da parte dela, é mais propriamente um momento de ausência. Por um segundo, um mundo de coisas desbaratadas lhe vêm à cabeça. Ela respira.
— Sim, o que é?

O homem continua calado. Na verdade, é um rapaz. Ela sabe quem ele é.

— Passei ontem à tarde. Não a avisaram?

Ela já não consegue esconder o nervosismo. Desvia os olhos.

— Não, estou de saída. É sobre o quê?

— Sobre os batentes.

Ela volta a fitá-lo por um instante, ao mesmo tempo surpresa e desconcertada. Observa a barba, as sobrancelhas, o nariz fino. Mas logo desvia os olhos.

— Os batentes?

— Foi o que o seu filho sugeriu.

— Meu filho?

— Que eu voltasse por causa dos batentes.

— Ah! — Ela tenta rir, mas o riso não sai.

— Hesitei em vir. Mais de um mês. Eu...

Invocando um instinto de sobrevivência mais forte do que todos os outros sentimentos, ela o interrompe:

— Não precisa me dizer. Eu sei por que você veio.

— Estou trabalhando na reforma dos Doze Colégios, no prédio histórico da universidade, em...

— Eu sei onde fica. Por favor, vá embora. E não volte nunca mais, sim? Eu já paguei tudo o que devia.

A expressão de Ruslan de repente se desanuvia, como se ele tivesse afinal desatado o nó de um mal-entendido. Põe as mãos nos bolsos e olha para baixo, tímido. Quando volta a encará-la, seu rosto se abre num sorriso franco. Fita a mãe e diz:

— Não é isso. Na verdade, não é pelos batentes. É que...

— Eu já entendi. Estou de saída.

Ela já não consegue olhar para ele. Faz menção de fechar a porta:

— Por favor, sim?

Mas não consegue. O olhar desamparado do rapaz a impede. Ela vacila. Vai empurrando a porta, devagarinho, titubeante, até fechá-la na cara do operário, que permanece imóvel do lado de fora. Ela está trêmula. Vira a chave, com pudor, tentando não fazer nenhum ruído, e se encosta à porta. Põe a mão na boca, para evitar o choro. Se deixar o choro vir, será um escândalo.

5. Duas noites depois

Maksim não sabe que está sendo seguido. Caminha depressa pela rua Sadóvaia na direção da praça Sennáia. Antes de chegar à esplanada, entra num boteco escuro, onde se reúne um grupo de operários. Duas mulheres conversam no balcão. Carregaram na maquiagem. Usam minissaia debaixo de casacos impermeáveis até os joelhos, embora não esteja chovendo. Três rapazes da idade de Maksim, ou quem sabe um pouco mais velhos, com a cabeça raspada e blusões gastos, bebem cerveja no fundo do bar. Ele vai até eles e os cumprimenta. Pede uma cerveja ao homem gordo e sebento atrás do balcão. O rapaz mais alto tira um papel do bolso e explica alguma coisa aos outros. Maksim não abre a boca. Quando um deles faz uma pergunta, recebe como resposta, do que tirou o papel do bolso, um soco no peito. O agressor ri sob a luz amarela. Acabam de beber as cervejas e saem do bar. Do outro lado da rua, Dmítri entende, com um sentimento contraditório de alívio e desespero, que Maksim não é o líder que ele imaginava ter educado para tomar decisões e desbravar seu caminho até o topo, nesta vida de infortúnios, contra todas as contrariedades. É um fraco. Está à sombra dos outros três. Saem na direção do canal Griboiêdova. Dmítri tampouco precisa de talentos extraordinários de inteligência e observação para compreender quão estúpidos são os colegas do filho. Além de imprevidentes. Não lhes passa pela cabeça em momento nenhum que estejam sendo seguidos. Continuam ao longo do canal. Um deles arremessa a garrafa de cerveja vazia na água, mas acerta alguma coisa no caminho. A garrafa se espatifa contra o casco de um barco amarrado na berma. Os quatro riem, falam alto. Dmítri sente um peso no peito. O alívio ambíguo que subsistia de momentos atrás vai sendo vencido pelo desespero, conforme os garotos se aproximam da rua Lomonóssova. Depois de se despedir do porteiro, que fecha a porta por dentro, um homem sai de uma construção que aos olhos de Dmítri não podia parecer mais desaconselhável e sórdida, abraçado a outro homem. Nunca tinha prestado atenção naquele lugar. Não sabe o que funciona ali. Suas suspeitas, entretanto, logo se confirmam. E por isso ele para, como se ainda tivesse esperanças de acordar de um pesadelo. Maksim e um dos rapazes de cabeça raspada batem à porta, enquanto os outros dois esperam do lado de fora, um pouco mais afastados, na sombra. Maksim e o amigo entram. Dmítri hesita em seguir o filho, mas lhe falta coragem de ver o que até agora era simples suspeita. Podia entrar e arrancá-lo de lá de dentro, se não estivesse dominado por uma paralisia que ele teima em edulcorar como tática investigativa, para o seu próprio bem-estar mental. É movido por uma vontade contraditória. Ainda acha que pode negar o que o filho está fazendo ali ou, na pior das hipóteses, arrumar-lhe um álibi falso, como aqueles que costuma dar a seus subordinados na execução de uma tarefa profissional. Um dos rapazes que ficou do lado de fora o percebe durante esse lapso de distração e comenta alguma coisa com o mais alto. Dmítri disfarça. Acende um cigarro e se afasta, mantendo a vigia da porta à distância. Não pode perder o filho de vista. Precisa ficar atento para quando ele sair. A espera é uma tortura, tanto mais por não saber quanto tempo terá de esperar e porque nesse ínterim imagina o pior. Mais de uma vez, tem de se controlar para não entrar e tirar o filho de lá de dentro, à força. Quarenta minutos depois, Maksim sai acompanhado de um homem. Dmítri sente as pernas falharem. De longe, não consegue distinguir as feições do homem. É um sujeito alto e magro que, ao sair, faz menção de ir para a direita e virar na rua Lomonóssova, mas Maksim o persuade a seguir em frente, na direção da catedral de Kazan. O homem sorri. O rapaz de cabeça raspada que entrara no prédio com Maksim sai logo atrás dele e se junta aos dois que esperavam do lado de fora. Os três seguem Maksim e o homem sem perceber que também estão sendo seguidos. Numa das alas curvas e sombrias que circundam a catedral com uma sucessão de colunas de pedra, Maksim para e se dirige ao homem a seu lado, que se surpreende. Tem início uma discussão. Os três rapazes entram em cena. Primeiro, intimidam a vítima, que se cala ao entender que caiu numa armadilha. Olha em volta. Não há ninguém a quem recorrer. Não há ninguém por perto. Não vê Dmítri. Os três o xingam e o humilham. Maksim não diz nada. Sabem que a vítima não pedirá socorro. É do tipo discreto, que prefere não chamar atenção. E, antes de o homem poder reagir ou fugir, o mais alto dos rapazes, que no bar havia dado um soco no comparsa, empurra-o. O homem tropeça e cai. Está cada vez mais assustado. Faz uma última ameaça com a mão estendida para o agressor. Ou talvez já seja uma súplica. Os três passam a chutá-lo. Ele deixa escapar um grunhido surdo. Maksim apenas observa, um pouco mais atrás, com uma expressão inexpugnável. De longe, não dá para saber se é horror ou fascínio o que ele sente. É quando se ouve um grito. Poderia ser tanto da vítima como de alguém que passasse por ali. Mas é uma voz forte, intimidadora. Dmítri olha para trás, como se o grito não fosse seu, como se pudesse ter sido o eco do grito de um transeunte, mas não há ninguém além dele. Os rapazes interrompem os pontapés, apreensivos com uma presença que não conseguem distinguir no escuro, e se dispersam, deixando a vítima contorcida no chão. Dmítri não consegue se mover, está novamente paralisado, entre as colunas. O homem se levanta. Sangra na testa e no nariz. Tenta se recompor. Quer sair dali o mais rápido possível, antes de alguém chamar a polícia. Ainda sem distingui-lo no escuro, o homem caminha cambaleante na direção de Dmítri, que continua imóvel, aterrado, ainda mais depois de reconhecer o rosto da vítima que se aproxima. Só quando está a dois metros de Dmítri é que o homem também o vê. Por um segundo, os dois se olham na sombra e milhares de coisas deixam de ser ditas para sempre.

Os efeitos não serão imediatos, mas pequenos indícios no trabalho farão Dmítri entender que assuntos que lhe dizem respeito diretamente estão sendo decididos à sua revelia. Detalhes vão fugir-lhe ao controle; o dossiê sobre o qual havia trabalhado com tanto afinco será transferido para as mãos de outro agente, que o arquivará sem maiores consequências; Márkov e sua família, que nada têm a ver com o episódio daquela noite, ainda assim dele se beneficiarão indiretamente, seguirão desfrutando de seus privilégios; uma reunião será desmarcada, assim como um almoço, uma viagem a Moscou etc.

Na semana seguinte ao ataque, Dmítri será chamado à sala do chefe:

— Você sabe que eu sempre o defendi aqui dentro. Você é meu homem de confiança. Mas agora me vejo numa situação delicada. Não sei o que está acontecendo, mas recebi instruções expressas de Moscou. Pedem que você descubra o nome dos vândalos que perpetraram um ataque na noite de quarta-feira passada, nas colunas de Kazan, contra uma vítima inocente, e excepcionalmente desarmada. — Ele frisa "excepcionalmente". — Não saberia dizer mais nada sobre a vítima. Creio que você sabe do que estou falando e espero que entenda a gravidade da situação. Sei que isso não é da sua alçada, mas as instruções foram inequívocas. Não sei o que você anda fazendo nas suas noites livres, nem é da minha conta, mas eles querem que você descubra o nome dos assaltantes.

Duas semanas depois, Dmítri será afastado de suas funções. Deverá agradecer ao chefe, com quem trabalha há doze anos, por não ter lhe pedido mais detalhes e por conseguir mantê-lo na cidade mesmo depois de não ter fornecido os nomes que Moscou exigia, encerrando assim a investigação. Terá de mudar de sala e de andar. Não cuidará mais de assuntos secretos de Estado. Em cinco anos, terá de volta a permissão para sair do país. Pelo menos, Anna terá algo para comemorar. Quanto ao homem por trás do seu afastamento, Dmítri nunca mais o verá depois daquela noite entre as colunas da catedral de Kazan, nem no elevador nem nos corredores nem na cafeteria, como costumava ocorrer cerca de seis vezes por ano, a cada dois meses. Mas, assim que receber a notícia da transferência — um eufemismo para o rebaixamento —, compreenderá que aquele homem, embora baseado em Moscou, não o abandonou nem um minuto desde que se reconheceram do lado de fora da catedral, no meio da noite. Saberá que é ele o responsável por sua queda. Um homem de poder, que ele teve o azar de ver ajoelhado, humilhado, tentando se reerguer depois de uma surra, e que agora também quer vê-lo de cima. Vai terminar por concluir que de nada adiantará denunciá-lo por conduta moral duvidosa ou pelo que faz de sua vida privada. Todo mundo tem alguma coisa a esconder. Tudo o que disser reverterá contra si mesmo. Se decidir testemunhar sobre o que presenciou naquela noite, como explicará o que estava fazendo àquela hora nos arredores da rua Lomonóssova? Dirá que o filho é cúmplice de um bando de *skinheads*? Dmítri vai se calar. Maksim não chegou a vê-lo na noite da agressão e tampouco faz ideia do que o pai viu, para a sua própria desgraça. Em casa, ninguém entenderá por que Dmítri foi rebaixado. Injustiça, intriga, inveja de algum incompetente. Um entre tantos, são maioria neste mundo. Anna, que no íntimo havia se solidarizado com Márkov, pensará o pior daquele que ajudara seu marido a chegar aonde chegou e que nada tem a ver com quem agora o destituiu do cargo. Sua ignorância vai levá-la a confundir alhos com bugalhos. E não será Dmítri quem vai contradizê-la.

6. Dez dias depois

Maksim aparece no meio da tarde de uma terça-feira. Quando abre a porta, Roman está às voltas com um dos problemas que concorreu para reprová-lo no exame de matemática e que lhe parece tão idiota quanto inútil sua solução: dois homens têm que atravessar um rio com cinco quilos de pólvora num barco que costuma fazer a travessia com apenas um homem de setenta quilos em dez minutos. Cada homem pesa setenta quilos. Quanto tempo os dois levarão para atravessar o rio com a pólvora se cada suplemento de dez quilos adiciona um minuto e meio ao trajeto? Para Roman, a melhor solução, e a mais simples, seria afogar um dos homens, jogar a pólvora fora e continuar a fazer a travessia nos cinco minutos habituais sem ter que perder tempo calculando mais nada. Maksim entra mudo. Roman o observa cruzar a sala, em silêncio, sem lhe dirigir a palavra. Levanta-se e o segue até o quarto. Maksim não diz onde esteve nos últimos quinze dias e o irmão, encostado na moldura da porta do quarto, tampouco pergunta. Enquanto o observa trocar de roupa, só para despertar sua culpa mas também por ciúme, porque se ressente da atenção que a mãe dá a Maksim, Roman decide contar-lhe que a pegou chorando na última semana e que acha que era por causa dele. Maksim sabe que a mãe não chora por ele, mas fica interessado assim mesmo, bem mais do que Roman pode imaginar. Passa a fazer perguntas sobre a mãe, quer saber se ela deu por falta de alguma coisa, se alguém a procurou enquanto ele esteve fora.

— Ninguém — Roman diz. E arremata, depois de pensar um pouco: — Fora um operário da obra que veio saber sobre os batentes.

— Os batentes?
— Das janelas.
— Como é que ele era?
— Quem?
— O operário.

Roman faz um muxoxo.

— Acho que era do Cáucaso, pelo sotaque — diz, antes de voltar para a sala. O interrogatório não o interessa.

Maksim o segue:

— O que te faz pensar que ela chorou por mim?

Roman faz outro muxoxo, forjando indiferença:

— Está nervosa. O pai diz que ela está deprimida com a obra.

— Ele veio só uma vez?
— Quem?
— O bunda-preta.

Roman se espanta com o termo, hesita:

— Só. Disse que voltava.
— Pra quê?
— Pra falar com ela.
— E não voltou?
— Não sei.

— Não falou com ela?

— Não sei — Roman responde de má vontade, debruçado sobre o caderno.

Maksim olha para o irmão, em silêncio. Roman finge que não o nota e que continua concentrado, quebrando a cabeça com as situações mais tolas, que nem por isso ele consegue resolver: um mujique tem cinco vacas leiteiras. Cada vaca vale mil rublos e cada garrafa de leite, cinquenta rublos. Com as cinco vacas, o mujique consegue produzir e vender cem garrafas de leite por semana. Por quanto tempo ele conseguirá manter o lucro mensal acima do que vinha ganhando, se vender duas vacas e aplicar o dinheiro a juros de dois por cento ao mês? Quando Maksim volta para o quarto, Roman o acompanha pelo canto dos olhos, fingindo que não o vê. Mas não se contém quando Maksim passa de novo pela sala, já trocado, em direção à porta da rua:

— Vai sair de novo?

— Tenho uns assuntos pra resolver.

— Não volta pra jantar?

— Talvez.

— Eles vão querer saber onde você andava.

— Pior pra eles.

7. Uma hora depois

Maksim observa, da esquina, os diversos grupos de rapazes e moças espalhados pela Málaia Sadóvaia. Dois meninos passam por ele, de skate, saltam sobre o meio-fio e continuam pelo asfalto. De longe, ele procura reconhecer Tatiana entre os jovens que fumam e ouvem música na pequena rua de pedestres. Um rapaz se levanta e pede esmola a uma velha que passa com sacolas de supermercado. E, quando ela resmunga alguma coisa e se recusa a lhe dar dinheiro, o rapaz passa a segui-la e a bombardeá-la com insultos, enquanto os companheiros riem, em volta de um banco. Tatiana está entre eles. É a única que não ri. Seu olhar está desfocado e perdido. Ela está sentada no banco. Acende um cigarro. Não acha graça em nada. De repente, percebe Maksim na esquina. Seus olhos encontram os dele. Ela vira o rosto e se levanta, aflita. Fala com a amiga sentada ao lado, que estica o pescoço para vê-lo. Tatiana sai no sentido oposto ao de Maksim. Ele a perde de vista entre os transeuntes. Antes de virar a esquina, entretanto, ela olha para trás, e Maksim a avista de novo. E a persegue. Esbarra em uma mulher à entrada de um *fast-food*. Da esquina, consegue reconhecer o suéter vermelho de Tatiana, avançando entre os pedestres que saem do trabalho, esperam ônibus e fazem compras antes de voltar para casa. Ela se vira para trás e o olhar dos dois se cruza mais uma vez. A expressão dela é de medo. Ela foge. Maksim a alcança alguns metros mais adiante e a detém. Segura seu braço. Ela se desvencilha, num gesto brusco. Os pedestres desviam-se dos dois.

— Do que é que você está fugindo?

— Não estou fugindo — ela diz, olhando para o outro lado da avenida, enquanto continua a andar.

— Eu liguei pra casa da sua amiga. Disseram que você não morava lá.

— Eu disse que não era pra ligar. — Ela dá a última tragada e joga o cigarro no chão.

— Você não mora lá?

Ela não responde.

— E então?

— Então o quê?

— Você procurou o médico?

— Que médico?

— Que médico?! Eu te dei o dinheiro vai fazer um mês. Você só pode estar brincando comigo.

— Estou com pressa.

— Pressa de quê? Pra onde você vai?

Tatiana pensa antes de falar:

— Pra casa da minha mãe.

— Não sabia que você tinha voltado pra lá.

Tatiana não responde. Olha para o chão.

— Você é uma puta de uma mentirosa irresponsável.

— Irresponsável? — Ela ri.

— Será que ainda não entendeu? Será que sou eu que vou ter que te explicar?

Ela toma fôlego:

— Por que é que você não cuida dos seus problemas e me deixa cuidar dos meus?

Ele se interpõe na frente dela, obrigando-a a parar:

— Dos seus? Foi você quem disse que não podia usar o seguro-saúde, por causa de toda a burocracia, porque ia ter que voltar pra casa da sua mãe e não queria que ela soubesse. Foi você quem me fez pegar esse dinheiro da minha mãe, porque conhecia um esquema numa clínica. Está lembrada? Onde foi que você meteu o dinheiro?

Tatiana não responde. Sorri por um instante — pode ser de raiva ou de vergonha. Desvia o rosto para o chão.

— Que foi que você comprou?

Tatiana não olha para ele. Olha para baixo. Cruza os braços como uma louca, com as mãos retorcidas no peito. Quer ir embora, não sabe como. Maksim a segura pelos braços. Ela tenta resistir. Olha para o outro lado da avenida, por cima dos ombros dele.

— Que foi? Você gastou o dinheiro com essa merda de novo!

Ele a empurra contra a fachada amarela de um prédio, para fora do fluxo de pedestres que sobem e descem a avenida. Puxa os braços dela, arregaça uma das mangas do suéter vermelho e vê os hematomas.

— Imbecil! Acha que pode ser mãe assim? Acha?! Você não consegue largar nem essa merda! Era só o que faltava. Que agora você quisesse ser mãe.

Tatiana começa a chorar. Maksim, que não esperava por isso, fica desconcertado.

— Para. — Ele a sacode. — Para de chorar!

Mas, quanto mais ele pede e a sacode, mais ela chora, sem nenhum escândalo, num ganido baixinho. Ele a solta e se afasta. Fica olhando para ela por uns segundos, sozinha, encostada na parede amarela do prédio, depois se vira e desaparece entre os transeuntes.

8. Sete e meia da noite

Quando Maksim abre a porta, Anna, Dmítri e Roman já estão jantando. A mesa foi posta para quatro pessoas. Há um lugar reservado para ele entre o pai, numa cabeceira, e a mãe, na outra. A cadeira vazia, o copo, o prato e os talheres. Maksim vai até o quarto sem dizer nada, passa no banheiro, puxa a descarga, lava as mãos e vem sentar à mesa. O pai não levanta os olhos do prato, tampouco o irmão. Anna é a única que não consegue não olhar para o filho recém-chegado. Está mais magro e mais pálido, com olheiras.

— Quer que eu te sirva? — ela pergunta.

Pela primeira vez desde que sentaram para jantar, Dmítri levanta os olhos e fulmina a mulher com um olhar de ódio, que ela ignora. Ela pega o prato do filho e o serve de frango e de salada de batata. Maksim não consegue olhar para a mãe, nem agradecer. Recebe o prato de volta e come, sem dizer nada. Ninguém diz nada. Ouvem-se apenas os talheres batendo nos pratos. Anna segura o copo de água, como se fosse beber, mas antes pergunta ao filho:

— Não quer beber nada?

Ele balança a cabeça.

— Chá? Água?

E, antes de ele poder balançar de novo a cabeça, Dmítri levanta os olhos e o encara finalmente:

— Responda à sua mãe.

— Não, obrigado — Maksim responde.

— Até quando você acha que vai poder sumir de casa sem dar satisfações e voltar na hora que bem lhe aprouver para ser recebido de braços abertos? — o pai pergunta.

Maksim faz menção de se levantar, mas, num gesto brusco e inesperado, cuja violência surpreende Anna e Roman, Dmítri o retém à mesa.

— Estou falando com você, e, quando eu falo, costumam me ouvir — ele diz, sem largar o braço do filho, que o escuta, assustado. — Você traiu a minha confiança e a minha paciência. Que cara é essa? Não finja que não sabe do que eu estou falando. Estava mesmo esperando você voltar para casa para termos uma conversa.

Dmítri o segura pelo braço e o leva até o quarto. Bate a porta. Anna e Roman ficam em silêncio na mesa. Roman não consegue levantar a cabeça. Anna olha para o filho caçula e, tentando sorrir, como uma louca, como se nada tivesse acontecido, levanta-se e começa a tirar a mesa.

— Pode me ajudar? Por favor?

No quarto, Dmítri segura o filho pelos braços, o rosto colado ao dele, cuspindo-lhe na cara enquanto fala:

— Você faz ideia daquilo em que consiste o meu trabalho? Faz ideia da razão de eu ter ficado aqui, quando todos foram embora? Eu podia ter me mudado com sua mãe para Nova York, podia ter ido trabalhar com qualquer um dos meus contatos em Londres ou em qualquer outro lugar bem longe deste inferno, se eu não tivesse responsabilidades. Oportunidades não faltaram, mas eu tinha que sustentar um borra-botas como você. É graças a gente como eu que este país ainda está em pé. É graças a gente como eu que nós ainda não estamos completamente à deriva na lama que é a nossa própria merda e o nosso próprio instinto. Eu sou a polícia desta bosta de lugar, o sujeito que ficou segurando o barco no píer, no meio da borrasca, na hora em que todo mundo saiu correndo para pegar o melhor quinhão, para escapar da tempestade, cada um por si. E por que você acha que eu fiquei? Porque sou burro? Porque sou medíocre? Incompetente? Vai, responde. Você acha que eu não sei o que você pensa? E talvez você tenha razão. Em todo caso, não fui embora, porque este será o país dos meus filhos. Que cara é essa, porra!? É aqui que você e a sua família vão viver. É esta a sua língua. E você não vai destruir o que sobrou. Não tem nada em que você acredita? Estou falando com você. Olha pra mim! Não tem nada?

— Do que é que você está falando?

Dmítri larga o filho para não arrebentá-lo. Fecha os olhos, põe a mão na cabeça, vira-se de costas e esmurra a parede. Na cozinha, Anna e Roman ouvem o baque surdo. Anna deixa cair um copo na pia e se dá conta de que cortou a mão. O corte é mínimo, mas ainda assim escorre muito sangue. Ela põe a mão na boca antes de envolvê-la com um pano de prato, à maneira de uma atadura. Sorri para o filho, que olha para ela assustado. É só uma pequena interrupção. Prosseguem em silêncio, ela lavando os pratos, agora só com a mão direita, e ele a enxugá-los.

No quarto, Dmítri continua:

— Há dez dias, um vice-diretor de finanças de Moscou veio a Petersburgo, como faz seis vezes por ano. Não tenho nada que ver com a vida dos outros. Cada um faz o que quer, desde que não ponha o país em risco. É esse o meu serviço, zelar pela pátria. O que eu vou te dizer fica entre nós. O vice-diretor de finanças levou uma surra nas colunas de Kazan, altas horas, depois de ter dispensado os seguranças e ido se divertir. Ninguém sabe, mas o vice-diretor foi atacado por um grupo de vândalos quando saía de um inferninho. E você não vai me perguntar como é que eu sei?

Maksim não responde.

— A sorte foi aparecer alguém e gritar, porque, senão, a esta altura o vice-diretor podia muito bem estar morto. E, provavelmente, os assaltantes não teriam sorte melhor. Sempre há testemunhas, alguém para reconhecer os criminosos. E, se eu sei, é porque fui obrigado a achá-los. O FSB sabe como fazer justiça com discrição.

— E o que é que eu tenho a ver com isso?

Dmítri voa para cima do filho e o segura pelo pescoço:

— Eu estou fazendo um alerta. Estou te dando uma última chance. Será só uma vez. Desta você escapou por pouco. Não vai haver outra.

Maksim tenta se desvencilhar do pai, está sufocando. Dmítri o solta quando percebe que o filho está chorando em silêncio. Maksim se ajoelha sobre a cama, curvado, pigarreando, com a mão no pescoço. Demora para conseguir dizer alguma coisa. Fulmina o pai com olhos de ira:

— Em vez de pôr alguém pra me seguir, você devia se preocupar com o que acontece à sua volta, dentro da sua própria casa.

Tira um envelope amarfanhado de dentro da calça e o estende ao pai. Dmítri vacila por um instante. Aproxima-se e pega o envelope. Enquanto o pai lê a carta, Maksim abre a porta do quarto, atravessa a sala e sai do apartamento. Ao ouvi-lo abrir a porta da rua, Anna sai da cozinha e corre até o elevador. Não o alcança, mas ainda consegue vislumbrá-lo descendo a escada de quatro em quatro degraus antes de bater a porta de entrada do prédio e ganhar a cidade. Quando ela entra no quarto do filho, Dmítri já não está com o envelope na mão. Está em pé junto à janela coberta de telas e andaimes. Desvia os olhos da mulher.

— Que houve? — ela pergunta.
— Nada. Não foi nada.

9. Sexta-feira, hora do almoço

Anna se levanta, com o prato na mão, vai até a cozinha e, quando passa de volta pela sala, diz que precisa sair. Pede que tirem os pratos e os deixem na cozinha. Ela tem compromissos à tarde. Não esperava Dmítri para almoçar. Ele termina de comer, quieto. Evita levantar o rosto. Não quer correr o risco de cruzar os olhos de Maksim, que o encara enquanto a mãe fala. Dmítri pode sentir no silêncio todo o desprezo do olhar do filho, que voltou hoje de manhã, excepcionalmente, depois de ter lhes inoculado o veneno na véspera. Na certa não quer perder o circo pegando fogo. Ouvem o trinco da porta do banheiro e o som abafado da torneira aberta. Anna escova os dentes. Maksim não tem mais nada para dizer ao pai. Da véspera, guardou um hematoma no braço. Enquanto se serve de pudim, na cozinha, Roman pergunta se querem sobremesa e se o pai pode lhe dar carona até o ginásio. Tem treino às duas.

— Hoje, eu não posso. Tenho um serviço fora. Não vou voltar para o escritório — Dmítri diz, deixando o prato na pia.

A frase provoca uma reação imediata em Maksim, que acabava de baixar os olhos e volta a olhar surpreso para o pai. Afinal, a briga da véspera surtiu algum efeito. Dmítri ficou desconfiado. Vai segui-la. Mas agora é Maksim que não entende direito o que está sentindo. Quando a mãe passa de novo pela sala, arrumando a bolsa, a caminho da porta, ele tem vontade de segurar sua mão e alertá-la, por mais contraditório que isso possa parecer. Sente pena dela. E a ama. Sabe o que a espera. Sente-se mal por tê-la denunciado. Mas é um sentimento que só dura um instante. Em segundos, ele volta a nutrir um ódio profundo pela mãe. É uma coisa que o devora por dentro. Ela merece ser castigada por tê-los traído.

Assim que ela sai e pai e filhos ouvem o rangido da porta pantográfica do elevador, Dmítri se levanta e, num primeiro impulso, pensa em ir até a janela para vê-la na calçada. Basta se levantar para lembrar que as janelas estão cobertas de telas de proteção. Não pode ver nada. Corre até o quarto, pega as chaves e a carteira, e sai do apartamento, batendo a porta. Roman olha para o irmão. Mas Maksim não diz nada.

Anna não espera nem dez minutos no ponto de ônibus. Acha que os óculos escuros a protegem. Pega o lotação e sobe a Niévski, mas não salta onde disse que iria fazer compras. Segue até a ilha de Vassílievski. O lotação está apinhado de gente comprimida, que entra e sai pelas portas dianteira e traseira, indiscriminadamente. Como entrou pela frente e está mais perto do motorista, é ela quem lhe entrega o dinheiro que vem de mão em mão desde o fundo do micro-ônibus. Não faz ideia que uma dessas mãos é a de Dmítri, que entrou pela porta traseira. Ela apanha o dinheiro, deposita-o sobre o console atapetado ao lado do motorista e distribui aos passageiros o troco que ele lhes devolve. O troco passa de mão em mão até chegar à de Dmítri. O lotação passa por onde ela viu Chakhban pela primeira vez, há vinte anos, e se apaixonou, atravessa o Nievá e a deixa em frente ao Museu de Zoologia. Ela caminha pelo cais da universidade até uma fachada em obras, também escondida atrás de andaimes e telas de proteção azuis. Certifica-se de que está no lugar certo, perguntando a um homem que vem vindo pela calçada, e entra no prédio. Quatro operários fumam e conversam aboletados numa escada no pátio interno, sobre os cinco degraus sólidos que dão acesso a uma porta nos fundos. Anna se aproxima dos dois operários que estão sentados na borda de concreto da escada e lhes faz uma pergunta. Eles apontam para o alto do prédio. Ela olha para o terceiro andar. O céu está límpido como fazia semanas não se via. Ela agradece e volta à passagem por onde entrou. Sobe os quatro lances de escada, até o terceiro andar, de onde vem um ruído ensurdecedor de serra elétrica. Conforme entra no salão enorme, o ruído vai aumentando. O terceiro andar não permite nenhuma palavra, nenhum sentido. Nem o ouvido nem a visão. O salão está tomado por uma poeira branca e espessa que não a deixa ver mais do que um metro adiante. Um homem de macacão branco e máscara de plástico branca sobre o nariz e a boca, coberto pela poeira da cabeça aos pés, emerge da nuvem com um alicate na mão. Ela lhe faz uma pergunta com as duas mãos em concha, em torno da boca, para se fazer ouvir. O operário aponta para dentro da nuvem. Ela desaparece, engolida pela poeira. Conforme avança, vai entrevendo sombras que muitas vezes só adquirem forma definida quando já estão a poucos passos. E assim ela se aproxima tateante de um operário agachado, que lhe dá as costas. Ela o chama pelo nome. Ele se vira e, surpreso ao vê-la, se levanta. Um sorriso franco e infantil desfigura o rosto do rapaz. Ele diz alguma coisa. Está contente de vê-la. Ela o interrompe e lhe oferece um anel que tira do dedo anular direito. Ele hesita, recebe o anel e o examina. Não entende, não se mexe. Já não está sorrindo. Ela continua a falar. Põe novamente as mãos em concha em torno da boca. Ele a fita e responde. Parece uma pergunta. Ela diz uma última coisa antes de sair, com a mão sobre a boca, e os olhos escondidos pelos óculos escuros. Desce as escadas e sai depressa do prédio. Caminha rápido pelas ruas pouco movimentadas de Vassílievski, sem olhar para trás. Toma uma ruela e entra no primeiro prédio, ao léu. É uma passagem escura que vai dar num pátio antes de um pequeno parque. Ela encosta a cabeça na parede, tira os óculos e desaba. Vai escorregando até sentar no chão. Se lhe perguntassem, não saberia dizer quanto tempo ficou ali. Quando uma moça se ajoelha ao seu lado, provavelmente uma estudante, e lhe pergunta se precisa de ajuda, ela responde que não, com as mãos cobrindo o rosto, e pede para ficar só, tal é o medo de que a vejam assim.

Quando Dmítri se aproxima do operário, dentro da nuvem de poeira branca, ele também está no chão, só que ajoelhado como uma criança, paralisado, olhando para o anel nas mãos caídas entre os joelhos dobrados. O som ainda é ensurdecedor. Depois de tentar lhe dirigir, inutilmente e por duas vezes, uma saudação impessoal, Dmítri é obrigado a tocá-lo nas costas, já que não pode dizer seu nome, já que, em princípio, não se conhecem. O gesto o constrange. O operário se vira finalmente. Os olhos, a barba e os cabelos escuros estão cobertos pela poeira branca.

— Você viu uma mulher que saiu daqui agora?
Ruslan hesita:
— Não vi ninguém.
— Ela estava falando com você.

Ele repete:

— Não vi mulher nenhuma.

Dmítri nota o sotaque. O operário é do Cáucaso. É ainda mais humilhante que ele não seja russo. Sua reação é automática. A frase já está na ponta da língua. Ele chega a abrir a boca, mas para antes de poder dizê-la. Por um triz não pede o passaporte ao rapaz, que continua a olhar para ele, desarmado. É um vício profissional. Dmítri pensa em Anna. Quando a conheceu, ela acabava de voltar para São Petersburgo. Estava devastada. Seca como se um vento tivesse carregado a sua alma. Foram apresentados numa festa, no apartamento de amigos comuns, durante as noites brancas. A certa altura, ela se levantou e recitou um poema de Ossip Mandelstam com uma voz tão triste que ele nunca mais esqueceu os versos: "Em benefício do prazer/ receba das minhas mãos o sol e o mel/ [...] Em benefício do prazer, aceite o meu presente desajeitado:/ este simples colar de abelhas mortas e secas/ que transformaram o mel em sol". Saíram juntos da festa e, até as cinco da manhã, sob a luz desbotada do sol que nunca se põe, caminharam juntos pelas ruas da cidade, esperando abaixarem as pontes para que ela pudesse voltar para casa. Trocaram lembranças de verão. Anna lhe contou sobre a *datcha* da família em Víborg, onde havia encontrado o livro de poemas de Mandelstam, carcomido pelas traças, anos depois da morte do avô. Dmítri lhe falou dos namoricos de adolescência no golfo da Finlândia. E, pela primeira vez, a mulher triste sorriu. Dmítri se lembra de que nesse instante entendeu que não podia abandoná-la. Telefonou no dia seguinte, para saber como ela estava. Mandou-lhe um livro de Maiakóvski de presente, com um frasco de mel, sem saber que, desde que fora obrigada a lê-lo na escola, ela não suportava Maiakóvski. Convidou-a para jantar, para conhecer os pais. Cinco meses depois, quando a pediu em casamento, ela lhe disse que não podia amar, que mais cedo ou mais tarde conseguiria destruí-lo, que estava condenada a fugir do amor, e lhe perguntou se era isso que ele queria. Era a sua maneira de aceitar e de pedir-lhe que a aceitasse. Ele disse que era tudo o que queria, que estava preparado. Agora, dentro de uma nuvem de poeira branca, num antigo salão em obras, afinal ele descobre do que ela estava falando. Olha o operário ajoelhado na sua frente, coberto de pó, com um anel na mão. O anel que Anna nunca deixou de usar, o anel que ela dizia ter pertencido ao avô. Dmítri olha o operário. É só um rapaz do Cáucaso. E seus olhos estão cheios de humilhação.

Ele não volta para jantar. Quando afinal entra no quarto, depois da meia-noite, Anna já está deitada, mas ainda não dormiu. Ouviu-o entrando em casa, tirando os sapatos no hall e fechando a porta do banheiro antes de abrir a do quarto. Ela está recostada na cama, com a luz acesa e uma revista no colo.

— Você não avisou que não vinha jantar.

Dmítri não responde.

— Não podia ter avisado?

— Tive problemas.

— No trabalho?

— Não.

— É o Maksim?

Ele não responde.

— Você o seguiu?

Dmítri olha para a mulher. Quando ele a conheceu, Anna tinha opiniões próprias. Não tem mais.

— Que foi? No que é que você está pensando? — ela pergunta.

Se ele lhe dissesse, ela o corrigiria, apesar do medo que já não a deixa fazer nada: diria que nunca foi corajosa, nunca foi independente, nunca teve opiniões próprias. Diria que não é de agora. Que desde sempre ela o enganou.

— Que foi? — ela repete, na falta de resposta.

— Você deve saber melhor do que eu.

Ela levanta o rosto. Ainda é bonita. Dmítri reconhece na expressão de Anna as ruínas da mulher que ele amou ao ouvi-la recitar um poema de Mandelstam, de quem nunca tinha ouvido falar. Tenta desesperadamente superar a raiva e o sentimento de traição.

— O que é? — ela insiste.

— Não sou eu quem tem que explicar, ou sou?

— Explicar o quê? — Ela se levanta, põe a revista sobre a mesa-de-cabeceira e vai até a porta, para se certificar de que está fechada.

— Hoje, para variar, não segui o Maksim.

Anna deixa cair os braços. Sente o peso de um corpo que já não consegue manter em pé. Mas tampouco tem forças para voltar até a cama e sentar. Está paralisada. Pressente o que o marido vai dizer. Ele continua:

— Hoje, excepcionalmente, não voltei para o trabalho depois do almoço. Peguei um lotação até Vassílievski. Engraçado, você se lembra da primeira noite que passamos juntos, esperando baixarem as pontes para você poder voltar para casa? Que coincidência infeliz! Está tudo tão mudado, você não achou? Desci em frente ao Museu de Zoologia, entrei num prédio em obras, subi as escadas, e lá estava a mulher que escolhi há vinte anos para ser a mãe dos meus filhos. Foi se encontrar com um rapaz que podia ser seu filho.

Anna desvia os olhos. Não consegue encarar o marido. Não o interrompe nem o contradiz. Se falar, terá que ser por horas, terá que ser para revelar uma coisa muito maior, que só poderá fazê-lo sentir-se ainda mais mesquinho e inferior, como se a merecesse ainda menos. E é tudo o que ela quer evitar. Não tem forças para responder, mas tampouco tem escolha:

— Você tem razão. Aquele rapaz tem idade para ser meu filho.

Quando ela fala, o rosto do rapaz, que num primeiro instante se iluminou ao vê-la na obra, vem imediatamente à lembrança dos dois. Ao lhe entregar o anel, ela lhe disse: "É a única coisa que guardei dele durante todos esses anos". Mas o que ela não consegue tirar da cabeça — e que a mortifica — é o que ela respondeu ao rapaz quando, na mais completa inocência, ele lhe perguntou quando voltaria a vê-la: "Não me procure mais. Este anel é tudo o que me mantinha ligada a você. Não há mais nada. Vou passar o verão fora da cidade. Não me procure mais, por favor. Por favor". A luz desapareceu do rosto do rapaz antes mesmo de ela terminar a frase. Ela voltou a pôr os óculos escuros e se virou para não ter que vê-lo assim antes de sair.

Dmítri está calado, passa os dedos sobre a borda da cômoda de madeira. É a culpa que faz Anna prosseguir, como se a confissão pudesse abreviar a pena:

— Decidi ir para Víborg mais cedo este ano. Não vou aguentar passar o verão aqui, com noites brancas e janelas fechadas. Como se já não bastasse ter que acender as luzes durante o dia, vamos acendê-las também à noite, enquanto o sol continuar do lado de fora a nos infernizar. Você sabe que nada me deprime mais do que as luzes acesas durante o dia. E logo não haverá noite.

Dmítri não responde. Ela prossegue:

— Antes de nos encontrarmos, eu deixei uma vida para trás. E eu te disse isso. Talvez você não tenha querido ouvir ou entender o que significava "uma vida". Por amor ou por generosidade. Serei sempre a primeira a reconhecer a sua generosidade. Abandonei uma vida. E ninguém faz isso impunemente. Durante anos,

esperei a hora de pagar. Por um tempo, achei que o pagamento viria com a morte, com a solidão, abandonada pelos que eu amo, depois de ter abandonado os que amei. E as coisas aconteceram como previ. Antes de você, eu estava fugindo. E eu te disse isso. Disse que mais cedo ou mais tarde eu terminaria por te destruir. Mas você não quis entender. Eu te falei de Chakhban e você não quis escutar. Mas havia outra coisa. Havia muito mais. É claro que me apaixonei. E é claro que, por um momento, achei que seria capaz de passar o resto da vida ao lado dele. Só por isso você poderia me chamar de inconsequente, como me chamaram minha mãe e minha irmã. Mas há mais. E por todo o resto eu não sei do que você deveria me chamar. Você não quis ouvir uma parte, não tive coragem de contar a outra, mas agora não temos escolha. É possível que eu tenha amado Chakhban como não amei nenhum outro homem, porque naquela idade tudo era possível, todos os conselhos eram tolos. Eu era uma menina prepotente. Não demorei a entender isso. Quando você apareceu, já não restava nada. Só a culpa e o remorso e um arrependimento tão grandes que não permitiam nem mesmo a nostalgia da inconsciência e da irresponsabilidade do primeiro amor. O que você jamais quis entender foi que deixei uma criança para trás. Um menino. E ele voltou para me procurar. Nunca parei de fugir. Achei que tivesse previsto tudo. Mas bastou ele aparecer para acabar comigo. Eu sabia que um dia ele ia reaparecer. O filho que eu não criei, ainda assim, tem o meu sangue. Como é que eu podia achar que seria diferente? Um estranho que eu reconheci na hora, assim que o vi na porta desta casa.
— Ela sorri. — Você acertou em cheio. O rapaz podia ser meu filho. E é o que ele é.

10. Domingo

Ruslan desce do ônibus, mas não consegue arredar o pé da calçada. Fica parado no ponto, ao lado dos passageiros que esperam os ônibus e os lotações que os conduzirão de volta para casa depois de um dia de lazer no centro. Teve de trabalhar durante o horário de almoço para conseguir sair mais cedo da obra. Olha o edifício do outro lado da avenida, enquanto os carros passam nos dois sentidos. A primeira vez foi mais fácil, não corria riscos, não o conheciam, podia passar por outra pessoa se ela não estivesse em casa, como de fato ocorreu. Mas, depois de ter sido visto pelo irmão menor, não quer dar motivos para que os outros desconfiem. Já não pode simplesmente bater à porta, como um operário que vem oferecer os seus serviços. E hoje é domingo. Vai ter que contar com a sorte. Precisa falar com ela fora de casa. Quando ela sair ou antes de entrar. Vai esperar que ela abra a porta do prédio. Terá pouco tempo para dizer tudo o que quer, sob o risco de encontrar o marido e os filhos. Os andaimes não o deixam saber se há gente no interior do apartamento. Ainda está olhando para cima, para a fachada do prédio, quarenta minutos depois, quando ela surge na calçada, do outro lado da avenida, vindo na direção da porta de ferro. Por pouco, ele não a perde. Atravessa a avenida, fazendo uma breve parada no meio, entre os carros que seguem nas duas mãos. Entra no prédio, atrás da mãe. Ela nota o barulho da porta às suas costas, antes de pegar o elevador, e se vira para trás, por gentileza, para aguardar quem ela supõe ser outro morador. É quando o vê, parado na porta. Nada no mundo o fará esquecer aquele olhar. Ela não tem palavras nem forças para fazê-lo compreender o que ele já devia ter entendido. Diz com os olhos. Não esperava revê-lo, muito menos na entrada do próprio prédio.

— Eu já lhe pedi... — ela murmura.

— Vim devolver isto. — Ele se aproxima e lhe estende o anel.

Por uma razão que ela própria não consegue entender, Anna se ofende:

— É seu.

— Não. Não é. Eu só queria ver você de novo. — Ele se aproxima.

— Meu marido e os meus filhos vão chegar — ela diz, tentando conter o desespero na voz.

Estão a um metro um do outro. Ele mantém o braço estendido. Ela hesita. Termina aceitando o anel da mão do filho, nem que seja para se desvencilhar do rapaz. Como ele continua imóvel, ela pergunta:

— Que mais você quer?

— Vou ser rápido.

— Por favor — ela diz, nervosa.

— Ele também nunca deixou de pensar em você.

Anna olha para o filho que ela abandonou. É um rapaz bonito, moreno, com os olhos negros e o rosto quadrado do pai. E, antes de poder sentir o que quer que seja, antes de poder vacilar ou lembrar ou lamentar, uma força que vem ela não sabe de onde a impele a reagir como se estivesse diante de um agressor decidido a dar cabo de sua vida, e só lhe restasse lutar pela sobrevivência. É um ódio cego, que ela projeta no rapaz na sua frente mas que muitas vezes já sentiu por si mesma.

— Eu pedi para você não voltar. Que mais você quer que eu diga? Que deixei de pensar nele no mesmo dia em que resolvi me livrar do filho que eu carregava na barriga, por irresponsabilidade, porque tinha sido imatura? Que tive que carregar à força uma criança que eu jamais quis ter? Uma vida que eu não queria dentro de mim? Será que é tão difícil entender que eu estava cega, que me iludi? Porque era só uma menina. Que é que você quer? Eu já paguei pela minha irresponsabilidade. Não via a hora de abandoná-los. É isso que você quer saber? Não via a hora. — Ela começa a chorar. — Mas já paguei, está entendendo? Não devo mais nada. Que mais você quer saber? Que eu tentei me matar? Eu jamais quis ser mãe. Por que você não me deixa em paz?

Ruslan não se move. Ela para de repente. Nada no mundo a fará esquecer aquele olhar. Ele abaixa o rosto, para poupá-la, e se vira para sair. Ela cai em si.

— Não, por favor. Me desculpe. Por favor! Não vê que eu sou uma mulher em pânico? Por que insiste em me encurralar? Será que ninguém tem o direito de escolher? Ninguém ama por obrigação. — Anna põe a mão sobre a boca, tentando impedir as palavras de sair, não sabe o que diz, já não sente as próprias pernas.

Nesse instante, Maksim abre a porta do edifício e dá com a mãe e o operário tchetcheno.

Maksim olha o operário, entende apenas parte da história, passa por ele, e se precipita sobre a mãe.

— Que foi? — ele hesita em tocá-la, mas, como ela não diz nada, nem se move, ele a segura, enérgico e nervoso: — Que foi?!

Quer despertá-la, mas Anna fecha os olhos.

Quando Maksim se vira para a porta, já não há ninguém. Ele deixa a mãe no hall do prédio e sai atrás do operário, que avança a passos largos pela calçada coberta de andaimes, tapumes e pó. Ele o alcança cinquenta metros mais adiante. Hesita em segurá-lo pelo ombro:

— Que é que você fez com ela?

Ruslan fita o irmão. Tenta ver nos olhos aguados do rapaz de Petersburgo a vida que poderia ter tido, mas não vê nada.

— Quem é você? — Maksim grita no meio da rua. Está fora de si.

II. AS QUIMERAS

11. Dois meses e meio depois, volta das férias de verão (setembro de 2002)

Andrei sai do quartel a tempo de chegar à praça da estação às nove da noite. Não deve ser visto. As ruas ainda não estão completamente desertas, mas a essa hora, pelo menos, sua figura solitária não despertará tanta suspeita quanto se passasse por ali de madrugada. Terá que voltar antes do último metrô, pelo mesmo motivo, para não ser visto como exceção. Leva a mochila vazia nas costas, como se estivesse de licença, a caminho de casa. É um disfarce inútil. No quartel, não engana ninguém. Não volta para casa desde que entrou para o serviço militar, vai fazer um ano. Não poderia voltar nem se estivesse de licença, já que foi expulso de casa. A mãe e a irmã vivem onde termina o país, sete fusos horários à frente. Não recebe notícias das duas desde que chegou a São Petersburgo. Mesmo se tivesse permissão, não se atreveria a ligar, correndo o risco de ter que falar com o padrasto, no caso de ele atender. As cartas que escreve eventualmente, à noite, não passam de exercícios de comunicação, para não perder a prática, já que não pode enviá-las. Vai rasgá-las de qualquer jeito. Não conversa com ninguém. Não fala nem mesmo com as paredes, um vício de infância ao qual costumava recorrer, quando estava só, em Vladivostok, mas que interrompeu, providencialmente, nem que tenha sido por um espírito igualmente inconsciente de sobrevivência, quando chegou ao quartel. No dia da partida, em Vladivostok, a mãe foi ter com ele na estação. Apareceu de surpresa, quando Andrei já não a esperava, e lhe entregou um farnel para a viagem; disse ao filho que ele tinha a vida pela frente e o beijou na testa. Nem a raiva que a frase lhe despertou naquele momento — e que, no decorrer dos dias, ao longo da linha de trem até São Petersburgo, foi aos poucos sendo substituída pela saudade — seria capaz de fazê-lo desejar que a mãe soubesse o que a vida se tornou, que vida é essa que ele leva agora. O soldado na guarita sabe muito bem aonde é que ele vai (é possível que também tenha sido obrigado a passar pela mesma humilhação quando recruta) e não perde a oportunidade de fazer uma gracinha. Andrei finge que não ouve. Os rumores correm à boca miúda entre os soldados e os oficiais do regimento. A asneira foi ter retrucado, a sério, que era o único filho varão de sua mãe e, portanto, arrimo de família, quando o capitão, sem deixar transparecer o tom de zombaria, ameaçou mandá-lo para a guerra como punição por um descuido qualquer. Não há nada pior para um recruta do que se recusar a partir para a guerra — ou levar a sério a zombaria dos superiores. O que no início pode não ter passado de provocação se transformou em represália. Desde então, nunca mais teve paz. Se tivesse ficado calado, e se resignado à bazófia do capitão, possivelmente não teria sido selecionado para uma missão como esta, forçado a arrecadar verbas para completar o salário dos superiores e sustentar o quartel falido. No ponto de ônibus, ele ajusta o capuz do moletom. Segue à risca as instruções do sargento Krássin. É melhor não ser interpelado por policiais — a cabeça raspada não deixa dúvida quanto ao recruta que ele é e que a esta hora devia estar na caserna, a menos que seja um desertor. Até que não seria mau se, graças a um contratempo qualquer, ele fosse preso e obrigado a revelar a verdade à polícia. Mas, nesse caso, só um milagre o salvaria quando voltasse para o quartel no dia seguinte.

As regras mudaram na última hora (houve denúncias recentemente). Não é que o sargento tenha optado pelo perigo por puro sadismo, que não lhe falta, porque assim estaria pondo a própria operação sob ameaça. A exigência partiu do próprio cliente, um oficial da reserva que, para não ter de passar mais uma vez pelo constrangimento de explicar aos policiais durante a ronda noturna o que fazia com o carro parado, à noite, nas imediações do quartel — e, não os satisfazendo com a explicação, ser obrigado a suborná-los para não ser indiciado por atentado ao pudor, por corrupção de militares ou por outra delinquência qualquer —, estabeleceu regras mais seguras para si. É o recruta quem terá de arcar com o ônus de chegar até o ponto de encontro e voltar para o quartel, com o dinheiro, durante o horário de funcionamento do transporte público. Andrei sabe o que o espera. É a primeira vez, mas não é difícil imaginar. Procura não imaginar. Como o ônibus não vem, decide tomar o metrô. É um pequeno ato de insubordinação. O que lhe resta de livre-arbítrio é também o que aumenta a sua margem de risco. Procura não pensar em nada para não sentir vertigem no alto da escada rolante que desce até a plataforma subterrânea. O movimento dos degraus subindo e descendo lhe revolve o estômago. Não há metrô mais profundo que o de São Petersburgo. Foi construído sob um enorme pântano onde jazem as ossadas dos servos e prisioneiros que ergueram as fundações da antiga capital. Enquanto ele desce aos subterrâneos, seu olhar cruza com o de um rapaz — barba por fazer e cabelos sebentos, presos num rabo-de-cavalo —, que sobe pela escada rolante ao lado, para a superfície e o frescor da noite de final de verão. Se existissem almas que pudessem abandonar os corpos em movimento, deixava a carcaça seguir só, inconsciente, e tomava o corpo de alguém na escada rolante ao lado, que sobe para a rua, assumindo uma nova vida, fora do quartel. Às vezes imagina que, no seu lugar, um homem de brios tivesse preferido levar outra surra e passar, com sorte, uma semana na enfermaria. Mas uma coisa não elimina a outra. Não há escolha no regimento. A única vantagem da surra seria perder a consciência, esse peso que vai se tornando insustentável — se não fosse preciso recobrá-la e voltar para o quartel, para novas surras e punições. A verdade é que Andrei pode apanhar até cair, mesmo depois de ser humilhado. Não adianta querer entender por que o simples fato de ser quem ele é, um mero recruta, o obriga a fazer o que não quer. É o seu lugar e a sua hora. Não é ele quem está subindo as escadas rolantes no lugar do rapaz de cabelos sebentos. Está descendo aos infernos. Procura não imaginar para evitar a vertigem e a náusea. Tenta se convencer de que está apenas cumprindo ordens. Para poder seguir em frente com alguma dose de irresponsabilidade.

A esta hora, não há filas diante das portas que dão acesso aos trens, alinhadas dos dois lados da plataforma, à imagem de elevadores no lobby de um prédio comercial. Quem trabalha já voltou para casa e o movimento está reduzido a tipos solitários e eventuais. Pelo menos até a chegada do próximo trem de Moscou ou dos balneários, quando famílias carregadas de malas, voltando das férias, serão despejadas nas principais estações da cidade, infiltrando-se pelas artérias do transporte urbano, como uma inundação. Por enquanto, a estação de metrô onde ele entra está vazia. Poderia ter escolhido qualquer uma das portas, mas vai se plantar justamente atrás do único passageiro além dele na plataforma — um velho com uma sacola de supermercado em cada mão, que espera diante da segunda porta à direita e que se afasta, resmungando algo incompreensível mas que obviamente tem a ver com o recruta, ao perceber a presença dele às suas costas. O velho procura outra porta diante da qual possa esperar sozinho. A escolha de Andrei traduz uma lógica simplória e infantil, como se na companhia do velho tivesse menos chances de ser desmascarado — e sua missão, de ser descoberta pela polícia —, como se, aos olhos dos outros (que ali não estão), pudesse estar acompanhando o avô de volta para casa. Se o velho não tivesse mudado de porta, era bem capaz que Andrei tivesse se oferecido para ajudá-lo com as sacolas de supermercado. O trem chega e as portas se abrem. No vagão em que ele entra, há apenas uma mulher com maquiagem carregada. Andrei senta, sem se dar conta, no banco diante do dela. É uma espécie de compulsão inconsciente. Evita ficar sozinho. Como se a proximidade dos outros pudesse desviar a atenção de si mesmo. É uma mulher destruída. Os cabelos louros embranquecidos e esfiapados mal cobrem a cabeça oval e o rosto macilento, com dois olhos azuis aguados, manchados de preto, e os lábios muito finos, quase inexistentes, borrados de vermelho, como se o batom fosse o resquício de sangue de uma fenda cosida. A mulher o encara. Andrei a imagina careca, com a cabeça raspada, como ele, ou morta, de olhos fechados e mãos gélidas. Arruma o capuz para cobrir melhor a cabeça, e se encolhe. A mulher não tira os olhos dele. Está a ponto de dizer alguma coisa. Mas, quando enfim parece que ela vai abrir a boca inexistente, aquele rasgo vermelho, antes de ela poder lhe fazer uma pergunta, ele se levanta num salto e caminha sem objetivo até a frente do vagão. Sua estação é a próxima, ainda faltam quinhentos metros até a parada, mas ele não quer ouvi-la. Procura não imaginar o que a mulher tem a lhe dizer — ou o que poderia lhe perguntar.

E é também sem imaginar que ele avança como um rato pelos arredores da praça Vosstânia, depois de ganhar a rua, com o capuz enfiado na cabeça baixa, a esgueirar-se entre os sobraram pelas calçadas desde o final do dia, uns poucos bêbados e putas, na direção do ponto de ônibus onde deveria ter descido se não tivesse tomado o metrô, contrariando as instruções que recebera do sargento Krássin. Os policiais em volta da estação estão mais preocupados em extorquir turistas estrangeiros que chegam e partem nos trens para Moscou com supostas irregularidades nos vistos, e carteiras cheias de dólares, do que em perder seu tempo com russos marginais que rondam a área à noite, sem dinheiro nos bolsos, à procura de uma oportunidade qualquer, mas o sargento o exortou a manter-se alerta assim mesmo. Na guerra, não se deve baixar a guarda, nunca. Onde a polícia parece ter outros interesses, é preciso redobrar a atenção. Na verdade, ele só precisa chegar ao ponto de ônibus. Avança, depressa, pela sombra. E, de repente, absorto em seus próprios pensamentos velozes, sem ter consciência de que voltou a falar com as paredes dos prédios e do que acaba de lhes dizer — que já não pode ficar sozinho, não vai aguentar mais um minuto sozinho —, ele sente um choque no ombro direito e se dá conta de que esbarrou em alguém, ou em alguma coisa. O baque desperta um ódio repentino, arranca-o do estado letárgico em que se meteu para poder cumprir a missão sem maiores conflitos de consciência. Faz dele um homem beligerante. Pela primeira vez, levanta a cabeça e olha para trás, pronto para a batalha. O vulto, curiosamente, também para, se vira para trás e olha para ele. Por um instante, os dois se encaram. Andrei reconhece o próprio ódio e a revolta nos olhos escuros do rapaz moreno como ele. Mas também o medo e a impotência que o obrigam a estar ali contra a sua vontade, como na guerra, porque não pode estar em outro lugar, porque não pode sair do seu corpo e ser outra pessoa. Reconhece, como num espelho, a consciência dos animais encurralados diante do ataque, os olhos das presas na iminência do bote. Tudo dura apenas um segundo. Lembra-se do que veio fazer e esquece o desconhecido. Esquece o espírito belicoso. Prossegue. A julgar pelo rosto do rapaz, ele próprio deve estar com uma expressão possessa. Ao se aproximar do ponto de ônibus, nota um carro parado e sente um calafrio. Guardou de cabeça o número da placa que o sargento lhe dera. Não há equívoco. O carro está lá. E Andrei está atrasado. Aperta o passo, curva-se ao lado da janela do passageiro e bate no vidro. Não dá para ver o interior. O motorista abre a porta e ele entra. Na sombra, não consegue distinguir o homem de meia-idade, que dá a partida assim que Andrei fecha a porta. Está com um paletó de lã. Andrei tem a impressão de já ter ouvido sua voz no quartel.

— O sargento Krássin me deu o seu nome, recruta, mas eu esqueci.

Andrei hesita em dizer o nome:

— Andrei.

— O sobrenome.

Andrei desconversa, gagueja:

— Trouxe o dinheiro?

O oficial da reserva finge que não ouve e insiste. Faz parte da intimidação. Na verdade, também está constrangido:

— Era um sobrenome estranho.

Andrei já está bastante humilhado. Não pode crer que, ainda por cima, terá de dizer seu nome.

— Está falando com um oficial, recruta. Qual é o nome?

— Guerra, Andrei Aleksándrovitch.

— Guerra — o oficial repete, e ri. — Era isso. Que nome é esse?

— Não sei.

— Não é russo.

Andrei não responde. O oficial reitera a pergunta:

— Você não é russo?

Andrei toma coragem para retrucar:

— Se não fosse, o que estaria fazendo no exército russo?

O oficial não ouve, está preocupado com o caminho a seguir:

— O sargento Krássin deve ter explicado. Você sabe como é que funciona.

— Trouxe o dinheiro?

— No final.

Andrei está cada vez mais tenso. Sabe que não dá as cartas, mas resiste a se resignar ao papel que lhe atribuíram. Insiste:

— Primeiro o dinheiro. O sargento disse que era para eu receber antes.

O homem ri de novo:

— Do que é que o sargento Krássin tem medo? Que eu não pague? Ou será que não confia no material que me mandou desta vez? E você acha o quê, recruta? Acha que tenho razões para ficar insatisfeito?

Andrei está paralisado.

O homem olha para ele e sorri, toca seu joelho. Sente a articulação dos ossos. Andrei o repele e repete, sem convicção:

— O dinheiro.

O homem sorri de novo. Desde que entrou no carro, a única coisa que Andrei conseguiu distinguir no rosto do motorista escondido na sombra foram os dentes. Não tem coragem de olhar para ele quando os faróis que vêm em sentido contrário o iluminam. Prefere não ver. Mantém os olhos grudados nas ruas em frente.

— Nunca faltei com a palavra. O sargento me conhece. — O oficial estende o braço por trás do encosto e acaricia a nuca do recruta. Andrei se retrai ao toque dos dedos calejados. Tem a impressão de que acabaram de atravessar o rio e que se afastam da cidade.

— Não era o Nievá? — ele pergunta, apreensivo, olhando para trás, mas o motorista já não responde.

O oficial da reserva aponta para o capuz antes de Andrei descer do carro que para, duas horas depois, no mesmo ponto de ônibus onde se encontraram. É menos um cuidado com o bem-estar do rapaz do que uma precaução para a própria segurança do oficial. Não quer que vejam um recruta descendo do seu carro. Não tem mais vontade de tocá-lo. Procura a carteira no bolso interno do paletó e entrega o dinheiro ao rapaz. Antes de largar as notas, no entanto, retém a mão do recruta. E, se a retém, é menos por desejo do que para reforçar a hierarquia e a humilhação. Andrei sente os dedos calejados acariciando o dorso da mão que recebe as notas e se desvencilha, num gesto brusco. Abriu a porta do carro e a mantém entreaberta por alguns segundos antes de descer. Olha para fora, como se corresse o risco de ser pego em flagrante e as carícias daquele homem fossem a prova do seu próprio desejo por outros homens. Já não precisa se esforçar para não imaginar. Está destruído, como a mulher do metrô. Sente o cabelo espicaçado como o dela, embora o mantenha raspado faz quase um ano. Sente os olhos ardentes e os lábios borrados, costurados e esfolados. Veste o capuz. Tem pouco hábito com dólares. Conta o dinheiro antes de descer — ou finge contar; está nervoso, não distingue as notas, e a escuridão tampouco o ajuda. O oficial o observa, calado; hesita em pôr a mão na nuca do recruta e em acariciá-lo de novo, num ato reflexo, como se assim o expulsasse mais rápido do carro. Por um momento, Andrei interrompe a contagem das notas e levanta a cabeça. Os dois se entreolham. Tem vontade de dizer ao oficial a mesma coisa que a mulher devastada do metrô lhe teria dito se ele tivesse lhe dado a chance de abrir a boca — e que por isso mesmo ele não pode saber o que é. Não diz nada. O rosto do oficial da reserva continua na sombra. Agora Andrei o conhece. Não vislumbra nem os dentes. Percebe apenas o hálito acre e desagradável. Desce do carro, bate a porta e, enquanto o observa dar a partida e ir embora, sente o corpo desabar. É nesse breve lapso, distraído nas cercanias da praça Vosstânia, negligenciando as instruções do sargento (na guerra, nunca se deve baixar a guarda), que uma força saída do escuro, como uma rajada de vento, arranca as notas da sua mão. É tudo tão rápido que ele mal tem tempo de ver, entender ou refletir. Quando se dá conta, já está correndo atrás de um vulto. Não pode gritar, sob o risco de atrair a atenção da polícia. A própria perseguição já levanta suspeitas. Persegue o vulto pelas ruas, ouvindo o som da própria respiração e do sangue pulsando nas têmporas. A esta hora, no intervalo entre a chegada de um trem e a de outro, resta pouco do barulho da vida diurna nas ruas. A próxima leva de passageiros ainda não tomou a praça à procura de táxis e lotações, não saiu da estação para dentro dos ônibus e dos metrôs. Tudo está relativamente calmo, o que só faz aumentar a visibilidade dos dois. Mais do que qualquer outra, esta é uma cidade de risco, construída para permitir maior visibilidade às forças da ordem. Aos poucos, o eco dos próprios passos, a batida do coração e a respiração ofegante vão dando lugar à sirene de um carro de polícia. O ladrão em disparada à sua frente enverada, à direita, por uma passagem apertada, conforme a sirene se aproxima e ensurdece o recruta para todas as outras coisas — o eco dos passos, a batida do coração e a respiração ofegante. O que sucede é um labirinto de pátios e corredores intercomunicantes entre prédios deteriorados. A passagem escura leva ao primeiro pátio, que levará a outro e mais outro, através de outras passagens. Andrei mal distingue os vultos silenciosos que eventualmente surgem ao fundo, na penumbra, e desaparecem pelas caladas, pelas portas escuras dos edifícios, da mesma forma como surgiram, como uma irmandade de sombras. Há pichações nas paredes, que ele não tem tempo de ler. São letras que não dizem nada, como um alfabeto estrangeiro. Os pátios têm uma movimentação própria e imperceptível, em oposição ao pouco que restava do fervor do dia em torno da praça da estação. Há sombras sem pessoas. Não é à toa que o ladrão tenha tomado esse caminho. Tudo é incógnito. Andrei avança, no seu encalço. Vira à esquerda, passa por escorregas e balanços semidestruídos e brevemente iluminados pela lua que aparece entre as nuvens por um instante antes de sumir de novo, vira à direita, desce três degraus, sobe mais três, atravessa mais um pátio e mais uma passagem que termina num beco sem saída, onde aparentemente já não há vivalma. Está pondo os bofes pela boca. Procura na escuridão uma parede onde se apoiar. Não tem forças para dizer o que sente à parede. O corpo vai desabar de novo. Ele põe as mãos nos joelhos vergados de cansaço e é nesse instante que alguém o puxa violentamente para dentro do breu. Mal tem tempo de reagir. Está imobilizado pelo pescoço, e sufoca. A mão de alguém lhe cobre a boca. E uma voz colada ao seu ouvido lhe sussurra uma advertência ou um conselho, como se apenas o testemunho da descida do carro do oficial e a perseguição silenciosa tivessem permitido ao dono da voz compreender em poucos minutos que os dois têm mais em comum do que podiam imaginar — e muito a perder: a voz exorta o recruta a ficar quieto se não quiser ser preso também. E é só o tempo de ouvir a frase antes de um policial entrar no beco com uma lanterna. Os dois corpos permanecem em silêncio, colados um ao outro num canto escuro, tentando conter a respiração, enquanto o polícia examina o local. Andrei sente o hálito do vulto no pescoço, e o calor do seu tronco arfante. O hálito tem o mesmo cheiro que o seu, indistinto. O coração dispara. O policial sai, sem encontrar nada. Os dois corpos arriscam mover-se, mas, por segurança, permanecem por mais alguns instantes onde estão. O movimento das duas respirações vai se acalmando, achando um ritmo comum, como se eles fossem a mesma pessoa. Andrei se deixa embalar pela sincronia. Quando se lembra de que está entre os braços do batedor de carteiras, uma revolta súbita o leva a se desvencilhar dele. O agressor não oferece resistência. E, pela segunda vez nessa noite, sob a lua cheia, os dois se encaram. E Andrei reconhece, na penumbra, o brilho dos olhos escuros, refletindo o luar que atravessa uma brecha entre as nuvens antes de voltar a desaparecer.

— Me devolve o dinheiro.
— Que dinheiro?

Andrei voa sobre o vulto, mas, antes de poder alcançá-lo, recebe um soco no estômago e cai. Não consegue respirar. Está contorcido de dor. Demora alguns segundos para se levantar e sair novamente atrás do ladrão. Consegue avistá-lo na rua, entrando na estação de metrô da avenida Lígovski. Já não está preocupado com os guardas. Não pensa em mais nada a não ser em reaver o dinheiro. Num gesto por demais destemido para um recruta instruído poucas horas antes a manter a discrição, ele pula a catraca e desce a escada rolante aos pulos. Já não está com o capuz. Para sua sorte, a esta hora não há ninguém na guarita de controle lá embaixo. Nenhuma funcionária pronta para interceptá-lo aos berros e acionar o alarme. Ainda na escada, ele ouve os guinchos dos freios do trem chegando à estação e as portas a se abrir. Quando pisa na plataforma, acabaram de se fechar. Perdeu o ladrão. Sente-se observado, embora já não haja ninguém além dele sob a luz amarela que contribui para dar à plataforma deserta um aspecto de laboratório. Ele solta os braços e deixa a cabeça cair. E só quando volta a levantá-la é que vê a câmera de vídeo num canto do teto. Precisa pensar rápido. Mas, antes de poder pensar, já está falando de novo com as paredes. É mais ou menos assim:

— Tenho que achar um lugar até amanhã. Não posso voltar para o quartel. Se a polícia me pegar na rua a esta hora, estou morto — ele repete, já se encaminhando de volta para a escada rolante.

— Não posso voltar sem o dinheiro — ele mesmo responde, como se as paredes tivessem perguntado: "E de manhã? O que é que vai fazer? Vai voltar para o quartel?".

— Não — ele responde, como se as paredes tivessem perguntado: "E se recuperasse o dinheiro, voltaria para o quartel?".

12. De manhã

Andrei espreita, do ângulo sombrio de um prédio, quando a mulher abre a porta decrépita do outro lado da rua. Ainda é cedo e seus olhos, vermelhos de sono, não veem mais ninguém na rua. Ele está ali desde as cinco da manhã. Às cinco e meia, dois guardas passaram diante do prédio em frente, fazendo a ronda. E, às sete e meia, a mulher gorda e ruiva afinal apareceu. Ele a viu aproximando-se pela calçada com as duas pastas debaixo dos braços. Viu a dificuldade que ela teve para abrir a porta de madeira, enquanto segurava as pastas. Tanto que a deixou entreaberta. O interior escuro, apenas vislumbrado, faz o recruta desconfiar do que tem pela frente, sem saber se ali encontrará a salvação ou uma armadilha. Ele veste o capuz do moletom que o sargento o exortou a usar quando saiu da caserna na véspera. Não quer ser identificado pelos guardas espalhados pela cidade, como os dois que patrulhavam de madrugada o prédio onde fica o escritório das Mães dos Soldados. É certo que, a esta altura, outros já devem estar no seu encalço. E este é um dos primeiros lugares onde virão procurá-lo. Se o virem entrando no prédio, não restará mais nenhuma dúvida sobre quem ele é. Andrei chegou a pensar em dar voltas no quarteirão, no caso de haver gente na rua. Pensou em esperar o melhor momento, quando houvesse menos gente, para vir correndo desde a esquina e, ao passar pela entrada, como se fosse seguir em frente, dar uma guinada, e se jogar dentro do edifício sombrio. Mas, como não há transeuntes nem carros a esta hora, basta que ele atravesse a rua correndo e pule para dentro do prédio em busca da salvação. É o que ele faz. Sobe as escadas, de três em três degraus. Irrompe na sala, trêmulo e ofegante, e fecha a porta às suas costas. Marina Bóndareva levanta a cabeça. É a mulher gorda e ruiva que ele viu abrindo a porta com as pastas debaixo dos braços. Desde a morte do filho caçula, ela vive na casa de amigos. Não conseguiria ficar nem mais um dia no apartamento da Petrográdskaia Storoná, onde Pável cresceu e onde ela o encontrou morto. Cada detalhe do apartamento a faz lembrar o filho. Desde a morte dele, passou a chegar mais cedo ao escritório, com o pretexto de adiantar o serviço, e por isso não há ninguém além dela quando Andrei entra e fecha a porta às suas costas, como um criminoso em fuga. Por um instante, os dois se encaram em silêncio, o rapaz e a mulher gorda e ruiva, cujo filho se suicidou há menos de um ano.

— Estão atrás de mim.

Marina arregala os olhos. Parece que viu uma assombração. Não consegue falar. "Estão atrás de mim" foi a última frase que Pável lhe disse, na véspera de sua morte, ao desligar o telefone.

— O quê? — ela pergunta, incrédula, para se certificar do que acaba de ouvir. A mesma pergunta que fez ao filho, indignada com a insistência do comando do exército depois de tudo o que lhe acontecera.

Andrei nota a perturbação da mulher. Pensa duas vezes antes de repetir. Pensa em voltar atrás. Já não pode recuar. Lembra-se de que no quartel os superiores costumavam zombar das Mães dos Soldados, fanáticas pelos filhos. Talvez fossem realmente loucas. Ele não tem escolha:

— Me recusei a ir para a guerra, porque sou o único filho de minha mãe. Sou arrimo de família. Não posso ir para a guerra. Desde então, apanho todos os dias. Escrevi tanto para vocês. Não receberam as minhas cartas?

Está falando das cartas que escreveu mas rasgou antes de enviar.

— Qual é o seu nome? — Marina pergunta.

— Não podia assinar as cartas. Eram cartas anônimas. Vocês não as receberam? Preciso de ajuda — ele diz, fechando os olhos. — Posso me sentar?

Ela observa o rapaz ofegante, que mal se mantém em pé, e esta é a única coisa que lhe ocorre:

— Você precisa dormir, menino.

13. Dezessete horas depois e sete fusos horários à frente, em Vladivostok

Olga corre para o telefone. Ievguênia, a menina de dez anos, com o fone na mão, diz que é de Petersburgo. Olga não conhece ninguém em São Petersburgo além do filho, de quem não tem notícias há quase um ano. Antes de atender, com o coração disparado e um sorriso incerto, pergunta à filha se é Andrei.

— Não, é uma mulher.

Ievguênia observa a mãe, que se mantém em silêncio por quase um minuto depois de atender. A menina tenta imaginar o que a mulher do outro lado da linha está dizendo. Também tenta calcular a hora em Petersburgo. Se em Vladivostok são quase sete da manhã, lá ainda é ontem. Ainda é noite. A mãe está lívida. Senta-se no sofá, sempre com o fone colado ao ouvido. Ao que parece, a mulher do outro lado da linha tomou a iniciativa e diz tudo o que Olga precisa saber, antes mesmo de poder perguntar: o filho está bem, não é preciso se preocupar, estão tomando todas as providências. A partir de certo momento, entretanto, a mulher começa a fazer perguntas muito diretas (ainda mais partindo de uma estranha), que Olga responde como pode, com monossílabos. Foi surpreendida pela interlocutora e tenta contemporizar antes de se comprometer:

— Tenho que ver. Faz tanto tempo. Não sei onde meti esses papéis.

Ievguênia tenta imaginar as perguntas, pelas respostas da mãe. É difícil, ainda mais porque Olga mente por condicionamento e inércia. O que ela diz não é o que quer dizer. Há pouco mais de um ano, em silêncio, ela separou e escondeu, por precaução, no caso de um dia ter de usá-los, os documentos que a mulher de Petersburgo agora lhe pede. O mais duro é admitir que, depois de tudo, o filho não tenha recorrido a ela, mas a uma estranha, por achar que de nada adiantaria procurar a mãe, que ela não tomaria nenhuma atitude — e ter de compartilhar a consciência da imagem que o filho faz dela, a sua covardia, com uma mulher que ela nunca viu. Antes mesmo de Olga poder expressar o sentimento de fracasso, como mãe, a mulher do outro lado da linha se adianta e lhe garante que é assim com todas. Mente por compaixão. Imagina a dor de Olga. Tem experiência. Normalmente, os recrutas pedem socorro às mães e são elas que se encarregam de entrar em contato com o Comitê. Casos como o de Andrei são exceção. Costumam ocorrer com os recrutas que têm problemas familiares — ou que são órfãos. Mas isso a mulher de Petersburgo não diz, por clemência. Olga se compromete a procurar os papéis. Ligará de volta assim que tiver os documentos em mãos. Pede uma caneta à filha. Anota o número e guarda o papel no bolso. Desliga o telefone. Ievguênia continua sentada a seu lado, com as mãos sobre os joelhos, vestida para a escola. Pergunta o que foi, se alguma coisa aconteceu com o irmão.

— Não é nada — ela diz, tirando do bolso o papel onde acabou de anotar o número de telefone, e relendo, para decorá-lo. — Vamos logo. Estamos atrasadas.

Olga deixa Ievguênia na escola e vai até o correio da rua Verkhneportóvaia, em frente à estação, já com o intuito de fazer uma ligação internacional. Na cabine, ela acompanha com muitos gestos o esforço de se fazer entender no português que mal domina. Conhece duas ou três frases instrumentais, mas, mesmo essas, ela nunca usa. Preferiu começar pelo mais difícil. Prefere que o marido não saiba que ela ligou para o Brasil. Por isso, tem de ligar da rua. Vai deixar para telefonar de casa para o consulado em Moscou. De qualquer jeito, terá de esperar o meio da tarde para pegar o consulado aberto, em horário de expediente. A sorte é que Nikolai Románovitch está fora, em alto-mar. Ele nunca diz qual é o serviço e Olga tampouco pergunta, como se não lhe interessasse. Só muito recentemente, ao ouvir falar de um homem preso nas ruas de Vladivostok quando protestava contra o despejo de lixo nuclear pela marinha russa no mar do Japão, foi que ela começou a desconfiar que as ausências do marido pudessem não se resumir à faina e aos exercícios militares de rotina. Foi Nikolai quem impediu que Andrei fosse liberado do exército, quando já tinham arrumado a dispensa médica, o que não era difícil para um garoto especial, como ele, que falava com as paredes. Nikolai disse que a dispensa ia contra os seus princípios e que, na ausência de Alexandre, agiria como pai. Numa das brigas que tiveram, depois de Andrei sair de casa e deixar de procurá-la, quando Olga chegou a pensar que seu casamento estivesse por um fio, Nikolai lhe disse: "O exército é necessário. Endurece as pessoas, forja o caráter. Um homem não sobrevive à Rússia se não passar pelas forças armadas. Faço isso por ele". E foi no que deu a teimosia daquele a quem ela dedicara os últimos onze anos de sua vida, sem contradizê-lo. Nikolai forçou o enteado a prestar o serviço militar. E agora, por ter se resignado à vontade do marido e deixado o filho partir, ela terá que correr o mundo para salvá-lo.

À tarde, Olga telefona para o consulado brasileiro em Moscou e se informa sobre os documentos necessários. Tem tudo em mãos. Estão guardados no fundo de um armário. A primeira providência, na manhã seguinte, será ligar para Petersburgo, para a mulher com quem falou de manhã, e comprar a passagem de trem. Levará uma semana até Moscou. Terá tempo suficiente para prevenir o pai de Andrei, já que esta manhã não o encontrou. Ela o conhecera em Sótchi, vinte anos antes, nas férias de verão, quando trabalhava no bar de um hotel, como garçonete. Ele era brasileiro, exilado político e dez anos mais velho do que ela. Vivia em Moscou e fora passar as férias no mar Negro. Em seis meses estavam casados. Andrei nasceu no ano seguinte. Quando o filho completou nove anos, Alexandre decidiu voltar para o Brasil, depois de vinte anos na Rússia. O caos que se seguiu ao fim do comunismo foi apenas o pretexto ou a gota d'água, porque ele e Olga já não se entendiam. A penúria dos anos Iéltsin esgarçou a relação entre os dois. Alexandre ganhava o equivalente a trinta dólares por mês com seu trabalho de botânico na universidade. E, para completar, do ponto de vista ideológico, já não havia nem mesmo o regime que o acolhera e no qual de uma maneira ou de outra, talvez por ser estrangeiro, por muitos anos ele se sentira protegido. Quando Olga se recusou a acompanhá-lo até o Brasil, Alexandre disse que era ela quem o abandonava. Nunca mais se viram. Trocavam uma ou duas palavras por ano, quando ele telefonava no aniversário do filho e no Natal. Ela ficou menos de um ano sozinha. Conheceu Nikolai Románovitch, comandante da marinha, na casa de uma prima. Quando Nikolai foi transferido para Vladivostok, ela trouxe o filho adolescente consigo e talvez esse tenha sido o seu maior erro. Melhor teria sido mandar o menino para o Brasil, para viver com o pai. Mas ela não conseguia se separar dele. Logo começaram os desentendimentos entre o padrasto e o enteado, e Olga, por medo e despreparo, pareceu ter tomado o partido do marido, nem que tenha sido apenas por se manter passiva e calada. Agora, tinha chegado o momento de mostrar ao filho que ainda era sua mãe e que o amava. Quando vai pôr Ievguênia para dormir, Olga diz à filha que terá de ir a Moscou, visitar o tio Fédia, seu irmão mais velho, e que a vizinha cuidará dela até o pai voltar, em uma semana. Ievguênia pergunta se o tio Fédia está doente, mas Olga não responde. No dia seguinte, antes de sair com a filha de manhã, ela liga para São Petersburgo e combina um encontro em Moscou oito dias depois. Deixa Ievguênia na escola, vai à estação e compra uma passagem de ida e volta para Moscou. Quando sai da estação, hesita por um instante, atravessa a rua e entra na agência de correio. Liga mais uma vez para o Brasil, mas não consegue completar a ligação. Tentará novamente em Moscou.

14. As noites seguintes, em São Petersburgo (enquanto Olga viaja de trem de Vladivostok para Moscou)

Andrei volta ao lugar onde foi roubado na véspera. Volta com o incrível pretexto de reencontrar o ladrão e reaver o dinheiro. É a razão improvável que achou para se convencer de que precisava voltar. Está disposto a matar para recuperar o dinheiro. Ou pelo menos é o que diz às paredes. Tem dificuldade de dar nome a essa necessidade. Volta exatamente na mesma hora da véspera, esperando que o ladrão faça o mesmo. É uma espécie de pensamento mágico, infantil. Todo o resto é secundário, a começar pela humilhação. Tem que reencontrá-lo, a despeito das instruções da mulher que o salvou. Quando ela lhe entregou a chave do apartamento, deu a entender que faziam um pacto. Quanto menos ele saísse, melhor para os dois, menos riscos correria, ainda mais à noite. Mas é de dia que ele mais teme ser visto. Ela lhe disse que havia comida na geladeira e que viria repor os mantimentos uma vez por semana, enquanto ele ficasse, enquanto fosse necessário. Também traria coisas para ele ler. Por enquanto, ele podia entreter-se com a TV e com o que tinha sobrado na estante: a história da União Soviética, em cinco volumes, *Pais e filhos*, de Turguêniev, as obras completas de Tchékhov e outros clássicos da literatura russa, em meio a uma montanha de discos antigos que ela não pode mais ouvir.

Andrei passa o dia relendo *Hadji Murát*, seu livro preferido na escola. E, conforme cai a noite, a compulsão para voltar ao lugar onde foi roubado o domina. Não pensa em outra coisa. Lê dez vezes a mesma frase, fecha o livro, veste o moletom e sai do apartamento. No metrô, como se estivesse indo para uma batalha sangrenta, pensa na mãe e na irmã. Vaga pelas ruas ao redor da estação, vê partir o trem noturno para Moscou, embrenha-se por passagens, pátios e becos, arriscando-se mais do que deve, sempre com o capuz enfiado na cabeça. Revisita os lugares onde esteve na véspera, como quem procura um objeto perdido não sabe onde. Perscruta vultos, que é a última coisa que deve fazer se não quiser ser reconhecido e denunciado. Tenta reconhecer os olhos escuros nos olhos de alguém que, como ele, estará vagando a essas horas, pelas ruas em torno da estação, à procura do que também perdeu na véspera. Mas não há ninguém. Por três noites, Andrei volta aos mesmos lugares, fazendo um circuito cada vez mais rápido, conforme o persegue a consciência (e como se ao mesmo tempo fugisse dela) de que o destino poderá fazê-lo redescobrir, com segundos de atraso, o lugar por onde o ladrão, enredado num circuito semelhante, movido pelo desejo recíproco de revê-lo, terá acabado de passar. E assim termina as noites, em desabalada correria, assombrado pelo desencontro. Por três noites, repete o mesmo percurso. A procura se torna um vício. Persegue a própria sombra. Adentraria as madrugadas, se não tivesse de pegar o último metrô.

Na quarta noite, quando as horas já avançam e a perspectiva de uma nova frustração o empurra sempre um pouco mais para a frente, e cada vez com mais urgência para o que não tem fim nem sossego, ele passa pelo ponto de ônibus a tempo de ver o soldado Kórsakov, apenas um ano mais velho do que ele — e que tanto o atormentou na caserna com insinuações, denúncias e ameaças —, descendo de um carro como ele próprio quatro noites antes. Andrei passa pelo ponto de ônibus bem na hora em que Kórsakov dobra as notas recebidas pelos serviços prestados a um cliente, para guardá-las no bolso, como ele também teria feito quatro noites antes se não tivesse sido roubado. O dinheiro da prostituição para o sustento do exército russo. Mas, a despeito de todos os indícios, Andrei demora a entender, ou querer entender, o que Kórsakov está fazendo ali. É um tipo de autoengano. Seus olhos se encontram. O soldado o vê. Andrei reconhece o mesmo olhar vulnerável que o ladrão deve ter identificado quatro noites atrás no seu próprio olhar e entende que, como o batedor de carteiras, agora ele também poderia roubar o soldado Kórsakov. Seria a sua vingança. Andrei está no mesmo lugar do ladrão. Reconhece a vulnerabilidade do soldado agarrado ao dinheiro. Vinha se atormentando com a ideia de que tivesse sido mandado naquela missão, que não conseguiu concluir, por terem reconhecido nele um desejo, porque era talhado para o negócio. Sobre Kórsakov, porém, não pairava aparentemente nenhuma dúvida. Ao contrário, o soldado o tinha espezinhado desde que pisou no quartel, se unindo aos mais fortes contra o recruta. Por um instante, Andrei volta a pensar no Deus de sua mãe. Acredita que ele existe e que aquela é a sua hora. Só então passa por sua cabeça a suspeita de que talvez Kórsakov o amofinasse por também se reconhecer no mesmo desejo — e dele querer se afastar. E chega a desejar as pazes. Mas o devaneio dura apenas o necessário para ele perceber que, apesar de terem sido obrigados a fazer a mesma coisa e de terem passado pela mesma humilhação, somente Kórsakov está envergonhado — talvez menos pelo que foi obrigado a fazer nesta noite do que por todos os tormentos, insinuações e ameaças que antes infligiu a

Andrei, no quartel, acreditando que a aliança com os superiores pudesse poupá-lo do destino dos subalternos. Sua vida daqui para a frente se resumirá a essa humilhação testemunhada pelo recruta desertor, será organizada por ela, assim como a sua morte, dois anos depois. Andrei quer dizer a Kórsakov uma coisa que ele mesmo ainda não compreendeu totalmente, embora tenha uma forte intuição: que sempre haverá alguém pronto para reconhecer e atacar a vulnerabilidade onde quer que ela se manifeste — e, em especial, nesta cidade. Quer dizer ao soldado (mas não diz, porque ainda não compreendeu inteiramente) que ele só deixará de ser vulnerável quando já não tiver nada a perder. Enquanto tiver alguma coisa, qualquer coisa, eles vão continuar a persegui-lo. Vão persegui-lo até não ter mais nada, ele quer dizer, mas a frase ainda não tomou forma em sua boca (como na boca inexistente da mulher devastada, no metrô, na primeira noite): Não vão sossegar enquanto você tiver o que perder. Só vai ganhar o direito de viver depois de perder tudo, ele pensa calado diante de Kórsakov. Aqui, o direito de viver é também o de revidar, de tirar dos outros o que eles ainda têm — ou acham que têm. Se Andrei não diz nada, é porque ainda está dizendo para si mesmo, e tentando entender. Kórsakov lhe dá as costas e desaparece pela avenida, a pé, deixando-o com um sentimento contraditório de justiça, liberdade e tristeza.

Quando, na quinta noite, Andrei volta ao local do crime e, como nas noites anteriores, procura o ladrão pelos mesmos becos e passagens por onde o perseguiu, com o pretexto de recuperar o dinheiro, é, ao contrário, graças ao início de uma nova consciência: volta para perder de novo, sempre um pouco mais. Agora, sabe que só vai encontrá-lo quando não tiver mais o que perder. Conforme se afasta pela avenida Lígovski, passando pela estação de metrô onde o viu pela última vez, na primeira noite, nota pequenos grupos, casais da sua idade ou jovens desgarrados, que convergem na mesma direção. Ele os segue como se fosse um deles, por um instinto difuso de perda, antes para se confundir com os que têm outro motivo para estar na rua a esta hora do que propriamente por achar que podem conduzi-lo a algum lugar. Há uma fila curta diante de uma porta que vai dar num subsolo, num antigo abrigo antiaéreo no fundo dos prédios. Andrei se põe na fila, e só quando o homem na porta lhe cobra a entrada é que ele entende que é preciso pagar. Enfia a mão no bolso, por reflexo, mesmo sabendo que está vazio. O rapaz que está logo atrás dele, percebendo que o recruta não tem dinheiro, se adianta e paga por ele, antes de o porteiro poder se mostrar desagradável. O rapaz sorri para Andrei e lhe diz alguma coisa que ele não entende. Andrei agradece assim mesmo. Entram juntos, mas logo se separam. O subsolo é claustrofóbico, escuro e confinado, com o pé-direito baixo e luzes fluorescentes azuis que mal iluminam o rosto de um punhado de rapazes e moças, que bebem no balcão ou dançam vagarosamente diante de um pequeno estrado onde um deles, com cavanhaque e tatuagem no braço, toca guitarra e canta uma música dissonante, sentado numa cadeira, acompanhado por uma banda. Andrei está perdido dentro do *bunker* desativado. O rapaz que lhe pagou a entrada se aproxima e lhe oferece uma bebida. Andrei recusa educadamente, mas ele insiste. Vão até o bar. No terceiro copo, Andrei lhe revela que desertou e o rapaz passa a mão em seu peito, diz alguma coisa no seu ouvido, com um bafo morno. Mais uma vez, ele não entende. O rapaz desaparece. Andrei sente o chão se mover sob seus pés. Acha que é a iluminação. Quer sair dali, mas não encontra a porta. Os casais dançam, o cantor desafina. A música fere os ouvidos. Ele só quer sair. Diz isso ao rapaz que o reencontra na porta do banheiro. O rapaz lhe diz que ainda é cedo e passa a mão no seu rosto. Andrei o empurra. O rapaz se desequilibra contra a parede. Revida com um soco.

Mas, antes de poder se configurar uma briga, um grupo os aparta e põe Andrei para fora.

Ele volta para a estação, seguindo a linha do trem, pela avenida Lígovski. O chão continua a se mover sob seus pés, como se a cidade estivesse sendo bombardeada. Já está de novo quase na altura da estação quando passa por um casal de turistas, parados numa esquina, com suas malas e um guia aberto nas mãos. Tentam se localizar. Vieram no trem de Moscou. Andrei para na esquina antes de atravessar a rua. À primeira vista, acha que são americanos e que falam inglês. Mas, de repente, tem a impressão de reconhecer a língua da sua infância, a língua do pai, que ele só compreende em parte. São brasileiros. Ele atravessa a rua e os observa de longe. Espera que retomem o caminho. Os turistas atravessam a rua e passam por ele sem perceber que são observados. Procuram a entrada do metrô. Ele os acompanha, atraído por aquela língua distante, que ele não domina mas sente. Apenas duas entre cinco palavras fazem sentido, mas é, assim mesmo, a língua da sua infância. Segue-os de longe, pela lembrança. E, quando menos espera, quando tem menos condições de reagir, vê que o ladrão também caminha à sua frente, entre ele e o casal de turistas. Saiu não se sabe de onde, provavelmente de um beco qualquer, e segue o casal. Gritar para chamar-lhes a atenção seria suicídio diante de uma estação vigiada por guardas que fazem vista grossa para os pequenos assaltos, mas só enquanto não interferem em seus próprios objetivos. É como um sonho em que as vozes não têm som, por mais que se grite. Então, ele decide correr. Avança na direção do batedor de carteiras, determinado a derrubá-lo pelas costas. Mas antes de Andrei poder atingi-lo, como se o pressentisse, o ladrão se vira para trás e, ainda de longe, os olhos dos dois se cruzam. O ódio é recíproco, mas não há tempo para a vingança. O ladrão vê o recruta, que vem correndo em sua direção, e sai de cena.

Quando se dá conta, Andrei já está de novo no seu encalço, do jeito que pode a esta altura, bêbado, sobre o chão que se move como sob efeito de um bombardeio, dentro do labirinto de pátios intercomunicantes.

Esgueiram-se por passagens e becos. E talvez por se encontrar num estado em que já não pode distinguir se é ele ou o mundo ao redor que corre em seu lugar Andrei acabe se deixando surpreender, mais uma vez, pelo vulto que de repente voa sobre ele e o arremessa contra uma parede escura. Mal tem tempo de raciocinar e já está novamente imobilizado pelo braço do batedor de carteiras, que aperta seu pescoço com força. Respira com dificuldade. Não há lugar para nenhum diálogo. E, conforme também correm os minutos, a apreensão que o local incita, o risco da aparição da polícia e a ameaça de serem mandados de volta para onde não querem voltar põem os dois num estado de urgência que ao mesmo tempo lhes facilita a ação por um acordo tácito e instintivo. Andrei voltou, em princípio, para buscar o que deixou para trás. O ladrão entende e compraz com a vítima, depois de ter se irritado com a sua ousadia. Não há o que explicar. O que diriam um ao outro, nem que fosse para manter as aparências num primeiro momento, aqui não tem mais nenhuma função. A comunicação é paralela às palavras, está subentendida nos gestos. Enquanto o segura por trás, apertando o pescoço num golpe que o sufoca, o ladrão aproxima os lábios da orelha esquerda do recruta. Mas, desta vez, não lhe sussurra nada. Basta a respiração. Andrei não reage. A mão com que chegou a tentar se desvencilhar do ladrão quatro noites antes agora apenas o toca, está pousada sobre sua coxa. Sente a pressão no pescoço ceder e experimenta girar a cabeça devagar dentro da chave de braço do batedor de carteiras até seus lábios entreabertos estarem na mesma altura. Uma nova consciência se instaura entre os dois. Há um reconhecimento, um lapso de desconfiança e hesitação. E, pela inércia da recomposição de forças, os lábios entreabertos por pouco não se tocam. O recruta volta a sentir o próprio hálito na respiração do batedor de carteiras, sente-se acolhido por aquele sopro, como se pela primeira vez tivesse consciência do ar que respira e que o mantém vivo, na boca dos outros. E é só quando os dois rostos se afastam alguns centímetros, ainda sob o risco de uma reação intempestiva, que Andrei se dá conta de que são iguais. Não são só os olhos escuros, mas é toda a fisionomia do ladrão que reproduz a sua própria imagem, dependendo do ângulo e da incidência da luz. Basta, entretanto, um pequeno movimento para que a impressão se desfaça e cada um retome a sua identidade prévia. Um novo golpe arremessa o recruta ao chão.

Como numa reencenação, ele se levanta e segue o batedor de carteiras, cambaleando até o metrô, onde o perdeu na noite do roubo. Desce as escadas rolantes como pode. Mas, desta vez, contrariamente à primeira noite, as portas ainda não se fecharam quando ele chega à plataforma. Joga-se dentro do primeiro vagão. As portas se fecham assim que ele entra. Sente o alívio de entrever o ladrão no vagão à frente. O batedor de carteiras desce na segunda estação e Andrei o segue, de longe. Fazem uma baldeação em Sennáia. Agora, afastam-se do centro na direção dos subúrbios ao sul da cidade. Andrei vigia o batedor de carteiras à distância, por sete estações. Estão em vagões adjacentes. A cada parada, ele se levanta e se certifica de que o batedor de carteiras não desceu do trem e continua sentado no mesmo lugar. Só o estado em que se encontra lhe permite acreditar que o ladrão não o tenha notado — e não saiba que está sendo seguido. Em Kúptchino, o alto-falante anuncia o fim da linha. Não há nada além daqui. Aqui termina a cidade. Quando Andrei desce do trem, já não vê o batedor de carteiras. Ele não está na estação. O recruta corre ao longo da plataforma, espiando um a um o interior dos vagões vazios. Não é possível que o tenha perdido de novo. De repente, ele o avista subindo a escada no extremo oposto da estação. Vai atrás dele. Do lado de fora, há um centro comercial popular e uma esplanada diante de uma avenida larga, margeada de conjuntos habitacionais compostos de prédios altos e depredados. É uma perspectiva desoladora e sombria, ainda mais a esta hora. E é para lá que avança o homem que ele persegue. O ladrão atravessa uma avenida e se infiltra entre os edifícios, passando por um campo de futebol de terra batida e virando uma esquina entre canteiros de árvores raquíticas. Andrei corre atrás dele. Está com o coração na boca. Ao virar a esquina, já não o vê. O batedor de carteiras não está em lugar nenhum. Desapareceu como uma aparição. Só pode ter entrado no prédio. É uma porta escancarada, que vai dar num corredor escuro. Andrei entra assim mesmo. Há uma escada bem em frente. Mas, antes de poder subir o terceiro degrau, é novamente enlaçado pelas costas, num golpe violento. Tenta reagir. Os dois caem no chão. Andrei bate a cabeça e um corte se abre em sua testa. O sangue mancha o moletom e a camisa. Na queda, ele também apoiou o braço e bateu o cotovelo no chão. Sente uma fisgada. Tenta se libertar, mas está novamente imobilizado.

— Por que é que você está me seguindo?

— Não vou desistir enquanto não me devolver o dinheiro.

O ladrão vai se levantando sem afrouxar a chave de braço. E Andrei tenta acompanhá-lo com um movimento destrambelhado de pernas, para não se enforcar. O batedor de carteiras sussurra com os lábios colados aos seus ouvidos:

— Escuta bem o que eu vou te dizer. Não quero mais te ver pela frente. Volta pro teu lugar.

Andrei mal consegue responder:

— Não posso voltar sem o dinheiro.

Quando fica em pé, o ladrão se afasta dele, empurrando-o com toda a força para fora do prédio. Já percebeu que o recruta está bêbado:

— Some daqui e não aparece nunca mais.

Andrei se apruma, tosse e põe a mão no pescoço. O ladrão sobe a escada. Para no alto do primeiro lance e se vira para trás antes de continuar. Olha para Andrei, que permanece imóvel do lado de fora, o moletom e a camisa manchados de sangue.

— Qual é o problema? Ainda não entendeu que te mandei embora?

— Não posso voltar sem o dinheiro.

O próprio Andrei se surpreende com o que em seguida sai da sua boca:

— Não tenho pra onde ir.

Os dois se entreolham, mas o ladrão não consegue encará-lo por mais de alguns segundos. O sangue escorre pela testa do recruta. Andrei faz uma figura lamentável. O ladrão desvia o rosto:

— Vai embora daqui.

— Não posso.

O ladrão desce a escada, sai do prédio e o segura pela gola do moletom:

— Do que é que você está fugindo?

Andrei não responde.

— Por que não chamou a polícia?

Andrei não responde.

— Você desertou, não é?

Andrei não responde. O ladrão o encara.

— Tem medo da guerra, como os outros. Todos vocês têm medo da guerra — o ladrão diz. — Fazem qualquer coisa para não serem mandados pra lá.

— Não posso voltar sem o dinheiro. Vou ficar até de manhã. Se a polícia me pegar na rua a esta hora, estou morto — Andrei repete, como se falasse com as paredes.

— E de manhã? Que é que vai fazer?

Andrei não responde.

— Pra onde é que você vai?

Andrei não responde.

— Vai voltar pro quartel?

Andrei não responde.

— O inferno vicia? Se eu te devolvesse o dinheiro, voltava pro quartel?

Andrei hesita:

— Não.

Andrei acorda no dia seguinte, com os primeiros raios do sol. A cabeça latejante. Está sentado na mesma escada, na entrada do prédio, encostado na balaustrada de ferro. Levanta-se, com dificuldade, agarrando-se ao corrimão, e caminha como um inválido até o metrô. Só quando chega ao apartamento da Petrográdskaia Storoná, diante do espelho do banheiro, é que se dá conta do curativo na testa e da camisa que está usando por baixo do moletom. Não é a mesma da véspera. Não é sua. Não está manchada de sangue.

Na sexta noite — agora sua vida se resume a isto, a esta perseguição, e dela depende a sua sobrevivência —, depois de horas caminhando a esmo em torno da praça Vosstânia, quando já se prepara para voltar para casa, ele finalmente o vê. Observa de longe o batedor de carteiras, que, por sua vez, espreita um casal de turistas que acabou de descer de um ônibus parado do lado oposto à estação. É onde desembarcam os que vêm da Finlândia. Andrei nota como ele seleciona suas vítimas, baseado não necessariamente nas perspectivas do prêmio, mas numa escala de vulnerabilidades que o próprio recruta, em poucos dias, também aprendeu a reconhecer. O aprendizado começou na noite em que foi roubado e diz respeito ao seu autoconhecimento, embora ele ainda não veja isso com tanta clareza. O ladrão projeta o próprio medo nas vítimas. E só age quando se reconhece nelas. O casal recém-chegado não poderia estar mais só e desprotegido. E só isso pode justificar a escolha do batedor de carteiras. São jovens mochileiros, não devem ter nada de valor, raciocina o recruta, de modo que o punguista deve estar atrás de outra coisa além do dinheiro. O casal envereda pela avenida Grétcheski, vazia e mal-iluminada a esta hora da noite. Procuram um albergue numa rua transversal. Todas as ruas têm o mesmo nome (Soviétskaia, remanescente de um passado que, por mais que se tente esquecer, continua a assombrar a cidade) e se distinguem apenas pelos números (II, III, IV...), tanto que o casal logo se confunde e se perde. O ladrão aguarda o momento de agir. O que ele não percebe é que não é o único a segui-los desde a praça da estação. O próprio recruta se surpreende quando se dá conta de que há uma terceira pessoa entre ele e o batedor de carteiras. Um guarda que, como ele, já devia estar observando o ladrão desde que este espreitava suas vítimas entre os turistas que desciam do ônibus. Andrei entra em pânico, como se o risco de o batedor de carteiras ser preso o afetasse diretamente, arruinando de uma vez por todas o seu sonho já tão improvável de recuperar o dinheiro roubado. Ou pelo menos é assim que ele procura entender a sua ansiedade. O policial não o viu; está demasiado entretido com os movimentos do meliante para prestar atenção no que se passa às suas costas. O batedor de carteiras está quase alcançando suas vítimas quando o policial entra em ação e se adianta. Andrei entende que, se o guarda não tomou a atitude antes, não é porque precisa flagrar o criminoso ou impedir o roubo, mas, muito pelo contrário, por também ter algum interesse na sua execução. E é essa consciência repentina que o impele a agir num impulso. Antes de o ladrão poder abrir a mochila do rapaz e antes de o policial poder prendê-lo em flagrante, Andrei grita:

— Parem!

Não diz "Cuidado!" nem "Atenção!" nem "Polícia!". Grita com a convicção de quem sabe que não pode parar nada. Diz:

— Parem!

Os quatro param e se voltam assustados. O casal de turistas, o ladrão e o policial se dão conta da situação ao mesmo tempo, mas com diferentes graus de entendimento. É muita gente para a mesma rua deserta e mal-iluminada a esta hora da noite. Os mochileiros são os mais assustados, porque são também os menos conscientes, os mais tolos. Não compreendem a língua e não sabem o que aquilo significa. Não sabem quem é quem. Têm de recompor toda uma cadeia de raciocínio para entender, primeiro, que iam ser roubados e, segundo, que um policial já estava atrás do assaltante desde a praça da estação. Mas seria pedir demais que compreendessem que não foram (nem seriam) salvos pelo policial, mas pelo terceiro homem, que gritou, atrás de todos e sem convicção. Para o policial, entretanto, não resta dúvida: este homem, o que gritou, é cúmplice do crime e principal responsável pela ação abortada contra o punguista. Por isso, ele o elege, naturalmente. O homem que gritou, e não o batedor de carteiras, torna-se seu alvo imediato. Enquanto o policial o persegue, os mochileiros e o ladrão correm desbaratados em direções opostas, depois de um momento em que a breve troca de olhares faz corresponder ao pavor das vítimas a inconformação do assaltante obrigado a debandar um segundo antes da conclusão do crime.

Este é um bairro desconhecido para o recruta, que corre desamparado entre os prédios da antiga comunidade grega. Passa, sem perceber, pela frente de um hospital em ruínas, pela estátua de um herói grego, por uma pequena praça e pela vitrine escurecida de uma loja que, durante o dia, vende equipamento militar para todos os usos, de inofensivos cantis a *kalashnikovs*. Corre tanto que demora a perceber que já não é o policial quem o persegue. O batedor de carteiras conseguiu despistá-lo e agora é ele quem está no encalço do recruta.

— Temos que sair daqui. Antes que cheguem outros — ele grita para o recruta metros à sua frente.

— O rio não está longe, está? — Andrei pergunta, sem parar de correr.

— As pontes estão levantadas a esta hora. Agora, só às cinco da manhã.

— Merda! — Ele para, ofegante. O suor escorre pela testa.

— Você não sabe que eles levantam as pontes à noite?

Andrei fica mudo. É lógico que sabe. Todo mundo sabe. Perdeu a hora. Simplesmente, não tinha que estar na rua à uma e meia da manhã. E vai pagar por ter ignorado as instruções da mulher que o salvou. Não pode voltar para casa. Durante um ano no quartel, nunca teve a chance de ver as pontes levantadas. Dormia antes de se erguerem e, quando acordava, de madrugada, mal tinha tempo para pensar em si, muito menos para ir ver as pontes abaixando sobre o Nievá.

— Eu conheço um lugar — diz o ladrão.

Andrei olha para ele, espantado.

— Você está mais sozinho do que eu, recruta. Era você quem estava me seguindo, ou não era? Não é hora de desconfiar. Eu é que devia estar desconfiado. Não quero ficar te devendo nada. Eu te levo até um abrigo. Depois, você me esquece, ficamos quites.

— Você ainda me deve o que roubou.

— Este é o pior lugar para um acerto de contas. Se ficar aí, vai ser preso. Conheço um lugar, se ninguém nos interceptar no caminho. A esta hora, já não há metrô. Vamos ter que contar com a sorte. E estamos em território inimigo.

Ele usa um vocabulário de guerra. Para eles, a esta hora, todo o centro da cidade é território inimigo. Nada mais fácil do que avistar à distância duas figuras solitárias, nas margens do Nievá, do Fontanka ou do Móika, nas avenidas e esplanadas do centro de Petersburgo. A cidade foi construída segundo a lógica da visibilidade total. Onde estão, diferentemente do que ocorre nos becos ao longo da linha do trem, e nos prédios com seus labirintos internos perto da praça Vosstânia, só há palácios com fachadas intransponíveis e salões dourados, a maioria decrépita, onde no passado nobres e ricos se protegiam da visibilidade das ruas atrás de paredes de espelhos. As avenidas são chamadas de perspectivas. Foram abertas para dar vazão aos desfiles militares e às demonstrações de poder. Não importa se é o czar, o Estado soviético ou a polícia russa quem comanda a marcha. Não há onde se esconder nem para onde fugir. A cidade foi construída para ninguém escapar.

— Vem!

Eles caminham como se a qualquer instante um holofote pudesse iluminá-los, como duas figuras suspeitas que circulassem, tarde da noite, ao pé das muralhas de uma fortaleza intransponível. Tentam evitar as ruas principais, mas mesmo assim é impossível não se fazer ver. Não há mais ninguém nas ruas. Andrei se lembra de um conto célebre que leu na escola, em que um funcionário, zeloso do capote recém-comprado com as parcas economias, fecha os olhos para conseguir vencer o medo de atravessar uma praça deserta de Petersburgo, à noite, e termina assaltado e espancado assim mesmo, no meio da esplanada imensa, onde todo mundo, se houvesse alguém, poderia vê-lo e salvá-lo. Fica sem o capote, morre e volta para assombrar os habitantes da cidade onde tudo se vê, até fantasmas. A visibilidade deixa-os mais vulneráveis. Evitam se aproximar do quartel. Acabam de passar pelo pior, a praça da catedral de Santo Isaac, faz alguns minutos, e estão menos atentos quando um carro de polícia, em sua ronda noturna, surge na esquina, para onde os dois avançam. O ladrão empurra Andrei contra a parede cinzenta à altura do número 47 da rua Bolcháia Morskáia, um antigo palacete, e o abraça. O capuz não permite distinguir o recruta na sombra. E ninguém vai pensar que um casal se beijando na noite de Petersburgo é formado por um recruta desertor e um batedor de carteiras. Nesta cidade, onde os recém-casados vêm posar para os fotógrafos em cima das pontes, os dois só podem existir no limite da inverossimilhança. Seu encontro só não é impossível porque eles de fato existem, são de carne e osso, ao contrário do fantasma do conto de Gógol que Andrei leu na escola. O carro da polícia passa e desaparece na esquina seguinte. A um estranho, poderia parecer que o recruta e o ladrão estão se arriscando demasiado para ficar juntos. Qualquer pessoa de bom senso diria que é suicídio, correriam menos riscos se estivesse cada um escondido em seu canto. Juntos, nas ruas da cidade, são uma bomba-relógio. Mas é justo o contrário. E essa consciência, que ganha corpo com a simulação do beijo, substitui a necessidade de explicações. Não precisam dizer nada um ao outro. A dois, talvez seja mais difícil sair daqui. Mas ao menos levantam menos suspeitas de ser quem são, enquanto permanecerem na cidade. As chances de um recruta desertor encontrar um ladrão e beijá-lo na noite de Petersburgo são ínfimas. Juntos, eles podem parecer tudo, menos eles mesmos. E, por uma estranha razão que ambos vão comprovar na prática, a companhia afasta contratempos. Desde que começaram a caminhar juntos pelas ruas do centro, é como se estivessem blindados, numa dimensão paralela. Avançam numa realidade inacessível àqueles que certamente os teriam abordado, com algum pedido ou ameaça, se fizessem o mesmo caminho sós. Essa sensação chega ao paroxismo quando entram nos velhos estaleiros abandonados pela marinha, na pequena ilha de Nova Holanda, no coração da cidade — e é estranho que, pelo nome, esse coração remeta a um lugar fora dali. A única ponte que permite a entrada na ilha é vigiada dia e noite. O ladrão conhece um modo de evitar os vigias, por uma entrada secundária, mas terão de atravessar o canal. É lá o abrigo de que falava, o objetivo desta noite. Na ilha estarão a salvo, ele garante, poderão dormir em paz. O que se passa lá não interessa às autoridades e obedece a leis próprias. São só ruínas. Ele procura um barco com o qual possam chegar ao outro lado. Uma sombra resmunga dentro de um bote atracado ao talude de pedra nas margens do Móika. É um velho barbudo. O bordão que usa para afastar o barco do muro de pedra em que está amarrado lhe dá ares de profeta. Vive no canal desde que se aposentou. A mulher morreu e os filhos o abandonaram.

— Deixa que eu falo com ele — diz o ladrão ao recruta.

— As leis na Rússia são boas. Pena que os russos não estejam aqui para cumpri-las — o velho reclama, quando o ladrão lhe oferece dez dólares pela travessia.

Paga com a nota de um roubo recente. O velho quer saber de onde vêm os dólares. Desconfia que seja dinheiro roubado de turistas.

— É meu. Ele me roubou — Andrei se adianta, para tranquilizar o barqueiro, com um desprendimento que surpreende o batedor de carteiras.

Os três atravessam o canal sob a lua minguante e o céu de estrelas.

— Mais uma noite como esta e vamos ter que repensar tudo sobre o clima e a geografia. Onde foram parar as nuvens e a névoa? Daqui para a frente, vou me guiar pelas estrelas, como nos trópicos — murmura o velho, enquanto os conduz pelas águas paradas e silenciosas do canal.

É como se atravessassem o oceano. Os poucos metros equivalem a uma viagem, já que o barqueiro não para de falar. No escuro, é difícil ver a passagem, que mais parece uma calha, entre o muro e as árvores, e que os leva ao interior da ilha murada. O velho para o barco antes de chegarem à bacia com bordas de cimento que serviu, no começo do século XX, às tentativas frustradas de construção de um navio de guerra que não afundasse.

— Tudo afunda — diz o barqueiro, ao desembarcá-los no coração líquido da ilha.

O recruta e o batedor de carteiras descem no que parece ter sido um pequeno ancoradouro do qual restam apenas as pedras da escada por cujas brechas crescem tufos de mato. Só depois de subir os degraus é que Andrei compreende que a bacia de que falava o velho é uma espécie de lago com margens de cimento, cercado por armazéns abandonados, no centro da ilha e da cidade. Os dois se encaminham furtivamente para um dos armazéns. É um galpão de tijolos, janelas estilhaçadas e telhado enferrujado. O ladrão empurra a porta de ferro. Ratos correm pelos cantos.

— Que lugar é este?

O ladrão percebe o temor do recruta.

— Não é perigoso? — Andrei vacila antes de entrar.

— Um polícia me trouxe até aqui. Me pegou roubando. Fizemos um acordo. Dividimos o dinheiro.

— Não precisava negociar com você. Podia ter ficado com o dinheiro e posto você na cadeia.

O ladrão fita Andrei na escuridão:

— Ele gostou de mim.

Andrei hesita antes de desviar os olhos, contrariado e envergonhado por não ter percebido a tempo que o ladrão não falava sério e que a resposta também é uma provocação.

— Lembra a minha cidade — o ladrão diz, já no interior do prédio destroçado.

— Por que não volta pra lá? — Andrei reage com uma raiva retardada, que denuncia o tamanho da sua contrariedade.

— Na minha cidade são as crianças que roubam, pedem esmola e se vendem. Não quero voltar pra lugar nenhum. Só quero sair daqui.

— Pra onde?

— Não sei. Não importa. Para longe deste lugar, para fora deste país.

— E por que não sai?

— Ainda não juntei todo o dinheiro. Vou comprar um passaporte. Se não conseguir roubar um de verdade antes. Um dia, talvez, com sorte, eu consiga roubar o passaporte de um turista.

— Se não tivesse um passaporte, não teria chegado até aqui. Tem que ter um passaporte.

— Eles o confiscaram.

— Eles quem?

— Os mesmos que dão tomam. Quem me trouxe para esta cidade e me arrumou emprego também ficou com o meu passaporte. Para eu não poder sair daqui.

— E se for preso?

— Já estou preso.

— Não pode denunciá-los?

O ladrão sorri:

— Você não quer entender, não é? Aqui, ninguém é inocente. Dependendo do motivo, são eles que me tiram da prisão.

Se for preso por falta de documentos, por exemplo. Têm contatos. A cidade precisa de mão-de-obra para os trezentos anos. Nada teria sido erguido sem os condenados.

Andrei hesita mais uma vez:

— Também estou esperando um passaporte para sair daqui.

O ladrão cobre a boca do recruta com a mão. Ouvem-se passos do lado de fora. É o vigia que faz a ronda. Os dois vão escorregando até se ajoelhar ao pé da escada de cimento. Não importa que haja ratos, o importante é que não sejam vistos. Tampouco veem o que há ao redor. Estão protegidos por uma estrutura abandonada de ferro e cimento, imensa e inóspita. Fazem dela um quarto em ruínas. O cenário de guerra é uma lembrança para quem não tem nenhuma outra.

— Tente não respirar — o ladrão sussurra antes de tirar a mão de cima da boca do recruta.

Os passos do vigia se afastam. Os dois se olham por um segundo, sem dizer nada. Só se ouvem as duas respirações. O ladrão se levanta, como se nada tivesse acontecido, e explora o interior do armazém.

— Não sei o seu nome. E se eu precisar te chamar? — o recruta murmura, antes de o ladrão desaparecer na sombra.

O ladrão volta sobre seus passos e o encara, saindo da escuridão:

— Ruslan. E o seu?

Andrei se lembra do dia em que, logo depois de chegar ao quartel, foi obrigado a costurar as insígnias no uniforme. Seu número e nome de recruta. E aquela lembrança traz outras: os soldados que acordam de madrugada para os exercícios têm de vestir os uniformes que, à noite, o sargento Krássin os exorta a lavar durante o banho. Os recrutas usam apenas sandálias. Andrei nunca tira do pescoço a corrente com o pequeno crucifixo de ouro que a mãe lhe deu. Todos juntos se ensaboam à espera da água que sai gélida de um cano pontuado por pequenos chuveiros ao longo do teto. Lavam os uniformes em bacias de lata dispostas pelo chão. Esfregam as roupas no chão. De manhã, com sorte estarão secas, porque serão obrigados a vesti-las de qualquer maneira. O sargento grita: Lavem as roupas e os sacos. Lavem bem o saco. E ri. Os lençóis e as toalhas são distribuídos depois do banho. É quando Andrei se vê flagrado por Kórsakov, enquanto admira o corpo de Baladski, que ainda está debaixo do chuveiro, de olhos fechados, o rosto coberto de sabão. Se Kórsakov reconhece o que Andrei sente, e se vai denunciá-lo aos superiores, é porque também já sentiu o mesmo. Mas isso não está em questão. O sargento examina o corpo dos recrutas uma vez por semana. Manda abaixar as cuecas até as botas. No inverno, manda abaixar as ceroulas. Toda semana é a mesma coisa, mas na última o sargento foi mais cuidadoso com Andrei. O exame foi mais detalhado. O sargento examinou cada pelo. Era Baládski quem cortava o cabelo dos recrutas. Andrei sonhava com o dia de cortar cabelo. E, quando o dia chegava, fechava os olhos, enquanto Baládski lhe acariciava a cabeça.

Andrei fecha os olhos e imagina o batedor de carteiras sem camisa e sem as calças surradas. Imagina que os dois se despem e se descobrem, tateando o corpo um do outro. E que, conforme se tocam, se beijam e se deitam, também vão sendo cobertos pela poeira do lugar. Primeiro, as dobras das roupas, das calças abaixadas, das camisas abertas, das cuecas e das meias. Depois, as dobras dos corpos, os joelhos, os cotovelos e as virilhas. É um movimento progressivo e imperceptível. Quanto mais se tocam, mais sujos ficam. Vão sendo vestidos pelo lugar. O peito, as nádegas, as coxas, o pau, o saco e os músculos das costas vão se cobrindo com a poeira das mãos. Os dois se deitam na sujeira do chão de cimento, esbarram em destroços, esfolam-se sem sentir dor, um corpo comprimido ao outro.

É possível que, para o batedor de carteiras, tudo seja inconsciente, quando vê o recruta de olhos fechados e, como ele, também imagina e deseja. É possível que não se dê conta de que terminou por associar o sexo às ruínas e ao risco, à força de tê-lo descoberto em meio a uma guerra, e de buscá-las, as ruínas, sempre que encontra alguém, por ter sido obrigado a reconhecer nelas o cenário reconfortante do lar onde já não há possibilidade de reconforto. Quando não há mais nada, há ainda o sexo e a guerra. O sexo e a guerra são o que todo homem tem em comum, rico ou pobre, educado ou não. O sexo e a guerra não se adquirem. A ideia de uma vulnerabilidade maior que a sua lhe desperta o amor. Para Andrei, ao contrário, a euforia silenciosa vem da descoberta e da estranheza, da novidade de intuir que ali, de alguma forma, em meio ao que resta do mundo perdido à sua volta, compartilha a memória afetiva do homem ao seu lado. E que assim está menos só. O pau duro do ladrão lhe assegura o seu próprio desejo. A guerra os assombra. Como recordação para o ladrão, que precisa fugir do passado, e como ameaça para o recruta, que tenta evitar o futuro. Por um instante, estão juntos no presente. Andrei se aproxima e desabotoa as calças do batedor de carteiras. Quatro horas depois, quando abrir os olhos, ele já não estará ao seu lado.

À noite, a sétima, como nas anteriores, Andrei voltará ao seu encontro. Não pode não voltar. Vai vagar pelas cercanias da praça Vosstânia. Revisitar os mesmos pátios escuros. Observar as luzes nas janelas das cozinhas dos fundos dos apartamentos, onde as famílias se reúnem para comer e onde permanecem depois do jantar. Alguém briga num apartamento. Ele vai ouvir o som de pratos e talheres sendo lavados. O riso de uma mulher ecoa entre os edifícios. E, aos poucos, vai tomando coragem para pegar o mesmo metrô que o levou, na antevéspera, até o final da linha, aos guetos no sul da cidade, quando perseguia o ladrão. Mesmo que agora já não o siga, volta a Kúptchino. Vai sair da estação, passar pelo shopping center fechado a esta hora, e caminhar entre os conjuntos habitacionais dos anos 80, os últimos resquícios do comunismo agonizante, e o campo de futebol de terra batida. Vai fazer o mesmo percurso que fez, em sentido inverso, quando acordou, duas manhãs antes, com a cabeça latejante, na escada de um prédio desconhecido, quando voltou para casa sob o céu azul-escuro e baixo, com as bordas claras e avermelhadas do amanhecer, recobrindo as ruínas do passado recente e a imensa desilusão. Um homem fuma na escada exterior enferrujada do quinto andar, onde estão penduradas roupas e tapetes. Andrei vai ouvir o som dos televisores. Vai abaixar a cabeça ao cruzar um vulto. Vai pensar duas vezes antes de entrar no prédio. Não sabe qual é o andar. Uma velha estará descendo com o lixo. Vão se cruzar no meio do segundo lance de escadas. E, quando ela lhe der boa-noite, ele vai perguntar:

— Estou procurando um homem mais ou menos da minha idade, mais ou menos da minha altura, mais ou menos como eu, com barba por fazer e cabelos pretos.

A velha vai olhar para ele e sorrir:

— Mas você não tem barba nem cabelo. É seu irmão?

— Não. — E, um segundo depois: — É meu amigo.

Só quando ela indicar o sétimo piso é que Andrei vai reparar nas vozes.

— De onde vem o barulho — ela diz.

Agora, quanto mais ele se aproxima do sétimo andar, mais nítidos ficam os gritos. Há três portas em cada piso. Ele para diante daquela de onde vem a discussão. É uma língua estranha, que ele não compreende. Pensa em recuar e já começa a descer as escadas quando ouve o baque surdo de um corpo lançado contra uma parede dentro do apartamento. Começa a tremer. Volta-se sobre os passos e sobe os poucos degraus que o separam da porta. As vozes degeneraram em violência física. Estão lutando na sala. Continuam a berrar numa língua que ele não entende. Sem saber o que fazer, ele bate na porta, com força. Faz-se um silêncio súbito dentro do apartamento. Passam-se alguns segundos. O homem que vem abrir pergunta o que é. Tem os olhos vermelhos e dentes de ouro. Com a porta entreaberta, vira-se para alguém que o chama do interior do apartamento. Andrei não faz ideia de onde vem aquela língua.

— Vocês estão fazendo muito barulho — ele diz, trêmulo, como se fosse um vizinho a reclamar.

O homem de dentes de ouro volta-se para os outros, ocultos atrás dele, e diz algo incompreensível. Andrei aproveita para espiar dentro do apartamento, pela fresta da porta. O batedor de carteiras está caído no chão, com a testa ensanguentada.

— Se não pararem, vou chamar a polícia — ele diz, nervoso, já retrocedendo e se apoiando no corrimão da escada.

O homem confabula com os outros na sua língua. Bate a porta. Da escada, Andrei pode ouvir mais uma ou outra frase. Mas já não há a discussão de antes nem os baques. Em menos de dois minutos, abrem a porta de novo e o batedor de carteiras é lançado para fora. Cai nos degraus, curvado sobre si mesmo.

— Que é que você veio fazer aqui? Vai embora antes que te matem — ele diz a Andrei, com a voz contorcida de dor.

— Você cortou a cabeça.

O ladrão olha para o recruta. Está com um corte na testa, do lado oposto ao da cicatriz na testa de Andrei, de modo que, agora, quando estão um na frente do outro, são como um espelho.

— Qual é o seu problema? Você é louco? — o ladrão pergunta, com a mão na cabeça, para estancar o sangue. — Se voltou pelo dinheiro, é todo seu — arremata, apontando para a porta do apartamento. — Basta bater aí e dizer a eles que o dinheiro é seu, que veio pegar o que te pertence! Vai, bate na porta! Todo o dinheiro que eu vinha guardando, tudo o que escondi, eles acharam, evaporou-se. Vai dizer a eles que é seu! Vai dizer aos filhos-da-puta!

— São eles, no apartamento?

— Eles quem?

— Os que confiscaram o seu passaporte.

— Não. Esses aí são como eu. Também não têm nada. Estão na mesma merda. Comem uns aos outros.

Andrei hesita:

— Eu conheço um lugar.

E, desta vez, é o ladrão quem olha para ele, espantado. Andrei insiste:

— Se é pelo passaporte, o meu não vale nada. Quem vai querer o passaporte de um desertor? Você não tem mais nada para roubar de mim. Se quiser, pode viver onde eu vivo.

15. Em Moscou

Olga está sentada no McDonald's da rua Tverskáia. Levanta a cabeça a cada cliente que entra, na esperança de se fazer reconhecer. Já está ali há vinte minutos, o que explica ter se distraído por alguns segundos. Está diante de um copo de Coca-Cola, quando percebe Marina Bóndareva, parada na porta, a esquadrinhar o ambiente. Estica o pescoço, buscando os olhos da recém-chegada, e, ao encontrá-los, arrisca-se a levantar a mão vacilante. Faz um sinal tímido. Marina a identifica e vem na sua direção. É uma mulher enérgica, gorda e ruiva, vestida com blusa e calças pretas. As duas se cumprimentam com constrangimento. Marina tenta tornar as coisas mais fáceis, tem experiência. Pede desculpas, pergunta se a deixou esperando por muito tempo. Olga diz que acabou de chegar e, logo em seguida, contradizendo-se, que achou que esperaria uma eternidade na embaixada:

— Foram bem mais diligentes do que eu imaginava. Por isso, cheguei mais cedo. Não tinha para onde ir. Resolvi esperar aqui mesmo.

— Desculpe marcar o encontro aqui — Marina diz, olhando em volta. — Podia ter escolhido melhor, mas achei que seria mais prático para nós duas.

— Claro. — Olga não entende por que ela se desculpa pelo lugar.

— Então, o passaporte?

A ausência de meandros, a maneira brusca daquela mulher que ela nunca viu antes, faz Olga desconfiar pela primeira vez. Depois de todos os trâmites para conseguir o passaporte do filho, ocorre-lhe que vai entregá-lo a uma estranha. De repente, suspeita de um embuste. O país está coalhado de oportunistas e de criminosos.

Marina percebe a hesitação da mãe do recruta:

— Deve estar exausta. São quantos dias desde Vladivostok?

— Mais ou menos uma semana. Depende do trem. Houve um tempo em que eu vinha mais. Quando meus pais eram vivos. Faz dois anos que não venho. Tenho um irmão aqui.

— Nunca fui além de Novossibirsk.

Olga abre um sorriso simplório:

— Fica praticamente na metade do caminho.

— A família do meu marido é de lá.

— Vai com frequência?

— Nunca mais voltei depois da morte dele.

— Ah, me desculpe. Meus pêsames.

— Vai fazer três anos.

— Não quis se casar de novo?

— Não.

— Me desculpe. Que intrometida! Fico tanto tempo isolada que, quando encontro alguém, quero logo saber de tudo.

As duas sorriem. Não têm mais o que dizer.

— Desculpe não ter agradecido antes. Foi muita sorte de Andrei encontrá-la. Foi muito generosa em recebê-lo no seu apartamento.

— Estava vazio. Não moro lá faz tempo.

Marina sente a curiosidade de Olga e se adianta antes de ela poder fazer a pergunta:

— Não me sentia bem lá. São muitas lembranças.

— Passou três anos com o apartamento vazio?

— Três anos?

— Desde que o falecido...

— Não, não. Meu filho menor e eu continuamos vivendo lá depois da morte do meu marido.

Por impulso, Olga continuaria perguntando sobre a família e a vida de Marina, mas se contém, temendo ser indiscreta.

— Como é que ele está? — afinal, ela se permite fazer a pergunta que vinha adiando desde o início. Há um momento de confusão. E, diante da expressão de Marina, Olga esclarece: — Como é que Andrei está?

Por um instante, Marina achou que teria de falar do próprio filho. Responde aliviada:

— Não se preocupe. Ele está bem. Com o passaporte, as coisas ficam bem mais fáceis. Uma vez do outro lado da fronteira, poderá seguir para o Brasil, sem maiores problemas. Acho que tenho como fazê-lo atravessar a fronteira sem problemas. O pai já está sabendo?

Olga desvia o olhar:

— Não consegui falar com ele. Estava viajando, a trabalho. Mas isso também não é problema. Vou ligar de novo hoje mesmo.

— Há quanto tempo ele não vê o pai?

Olga pensa:

— Dez anos?

As duas sorriem de novo.

— Não quer comer nada? — Olga pergunta.

— Não, obrigado. Não aqui.

— Prefere ir a outro lugar? — ela pergunta, envergonhada por ter imaginado que Marina pudesse comer ali.

— Não, aqui está ótimo, não se preocupe, não estou com fome.

— Deve estar com pressa, não é? Devem estar assoberbadas de trabalho em Petersburgo.

— Piorou muito desde o reinício da guerra.

Olga hesita:

— Ele sabe que vim a Moscou?

Marina arregala os olhos:

— Foi ele quem me deu o seu telefone.

— Eu não podia seguir até Petersburgo. Você entende?

Marina se mantém em silêncio. Não pediu explicações. Olga continua:

— Eu não teria outro motivo para ir a Petersburgo a não ser por ele. E Nikolai acabaria sabendo. Por sorte, esta semana ele está no mar, com a frota, você sabe. Pode ficar semanas fora de casa. Quando voltar, direi que vim a Moscou visitar meu irmão. Meu irmão está doente, não é mentira. E fazia tempo que eu não vinha.

Marina ouve em silêncio.

— Andrei não queria prestar o serviço militar. Foi Nikolai quem o forçou. Disse que, para ficar na Rússia, teria que provar que era russo. Meu marido acredita na educação tradicional. Se deu certo com ele, por que não daria com o enteado? Quer que Andrei siga a carreira militar. Para que seja um homem. Foi pelo bem dele que o pôs para fora de casa, para que aprendesse com a vida. É a mentalidade dele. Andrei nunca se entendeu com o padrasto. É um menino especial. — Olga sorri, sem graça, passa a mão nos olhos.

Marina está acostumada com mulheres simples. Mas Olga é uma mulher medrosa. Quanto mais tenta esconder o nervosismo, mais revela que tem algo a esconder. O máximo que conseguiu fazer pelo filho foi viajar até Moscou em segredo, aproveitando a ausência do marido. E, para ela, já parece muito. Não para de falar. Se por um lado aquela é uma rara oportunidade para discorrer sobre um assunto proibido em casa, por outro também é a maneira que encontrou para adiar a entrega do passaporte do filho a uma estranha. Resiste, inconscientemente, por mais alguns minutos, como se aquilo significasse entregar o próprio filho à vida, separar-se dele para sempre.

— No começo, eu escrevi cartas. Mas ele nunca respondeu. Você, que também é mãe, pode compreender.

Marina não a contradiz. Andrei lhe disse que, desde que chegara a Petersburgo, nunca recebeu cartas de casa. Olga prossegue:

— Desde pequeno, quando estava em grupo era silencioso, mas falava sozinho.

Marina abaixa os olhos. Um menino de não mais de três anos passa ao lado da mesa, levado pela mão da mãe, e sorri para ela antes de sair do seu campo de visão.

— Não o vejo faz mais de um ano — diz Olga.

— Posso entender — diz Marina, voltando a fitá-la. Se não mentiu a idade, Olga envelheceu cedo. Deve ter sido bonita na juventude. É uma mulher fraca e descuidada. O rosto não é simétrico. Um dos olhos, claros, está fora do lugar e implora a compreensão de uma estranha.

— Claro — Marina reitera —, claro — para não ter mais que ouvir.

Olga tira da bolsa um maço de envelopes. São as cartas que o pai enviou a Andrei ao longo do último ano. Ela as estende a Marina, com o passaporte, e pede que as entregue ao filho.

— São as cartas do pai. Vou ligar para ele hoje mesmo. Pode ficar tranquila, ele vai mandar a passagem.

Marina as recebe e abre o passaporte.

— Ele foi registrado no consulado sem o patronímico, por vontade do pai — diz Olga, como se pedisse desculpas, sempre se explicando.

— Melhor assim — diz Marina, impaciente.

16. No mar do Japão

A alguns milhares de quilômetros dali, mar adentro, Nikolai abre o diário onde guarda tudo o que nunca disse à mulher nem a ninguém. Está deitado em sua cabine, com o diário apoiado sobre as coxas dobradas e a cabeça no travesseiro recostado na parede de ferro pintado de cinza, sob a luz tênue e inconstante da lâmpada de cabeceira. Não é só o teto baixo que o oprime. Do lado de fora também tudo é sombrio e claustrofóbico sob o céu de chumbo e a chuva que despenca sobre o mar do Japão. A monotonia e o terror da paisagem desolada desaparecem com o cair da noite, quando tudo desaparece. Mar, céu e horizonte. O vento nas escotilhas é o que resta quando todos vão dormir.

Nikolai pensa no que torna "os indiferentes cruéis", uma frase que ele ouviu ou leu em alguma parte. Escreve: "Mais cedo ou mais tarde, terão um encontro marcado com o que os definirá". Hoje, assistiu a uma cena terrível. Um recruta escorregou no convés e caiu no mar, quando içavam um bote de reconhecimento. Por um instante, todos pensaram que o tinham perdido. A gritaria da tripulação abafou o uivo de desespero do comandante ao receber a notícia. Apenas o contramestre o ouviu e percebeu que não era só a chuva que escorria no rosto dele. Por sorte, havia mais um bote no mar e o rapaz foi resgatado com vida e levado às pressas para a enfermaria. No seu tempo de recruta, o comandante perdeu um amigo num acidente semelhante, no mar de Bárents, porque não teve forças para puxar a corda que prendia o rapaz ao navio, e içá-lo, depois de ele ter caído no mar. Os dois estavam sozinhos na hora do acidente e ele nunca conseguiu convencer-se inteiramente de que o erro que levou à queda do amigo não tivesse sido seu. Quando o reforço chegou para ajudá-lo a puxar a corda, já era tarde, o rapaz dentro da água de gelo tinha acabado de soltá-la e afundava para sempre. A lembrança do acidente o acompanhou desde então. O uivo que ele deixou escapar pela manhã, quando o contramestre veio lhe dizer que um recruta caíra no mar, estava guardado junto com as linhas do diário que ele só começou a escrever há dois anos, quando recebeu a missão de despejar dejetos nucleares no mar do Japão. Porque já não era capaz de guardar tantos segredos.

Ele põe o diário de lado e apaga a luz. E, assim que fecha os olhos, começa a sonhar. Só pode ser um sonho, pois se passa durante a Segunda Guerra e ele nasceu em 1960. Não são lembranças. Sonha com a mãe. No sonho, embora muito jovem, ela já é sua mãe como ele a conheceu, mais velha. Chega em casa com a saia cheia de batatas e as mãos cobertas de terra. Está exausta. Deixa as batatas caírem no chão e desmaia na cama. E ele, pequeno, embora morrendo de fome, esquece as batatas, senta-se ao lado da mãe e lava as suas mãos encardidas. Esfrega sem parar as mãos da mãe. Mas a terra está entranhada nas unhas e nos sulcos da pele calejada. Ele não consegue limpar as mãos dela. E acorda chorando.

Um dia talvez, quando ele estiver velho e inválido, sua filha lerá o diário em voz alta, ao seu lado, ao pé da cama, como ele hoje lê para ela histórias de florestas e mágicos antes de dormir, quando não está a serviço, com a frota, no mar. E quem sabe aquelas linhas poderão redimi-lo aos olhos dela, que já não verão florestas nem acreditarão em mágicos. A única vez que ele bateu em Olga, tarde da noite, ao chegar em casa bêbado, Ievguênia ainda era muito pequena para compreender, embora tivesse chorado ao ouvir a discussão entre os dois. É só quando ele vai à igreja, uma vez por ano, na Páscoa, que Nikolai se lembra daquela noite e pede perdão. Não há uma linha sobre isso no diário fechado ao lado da cama.

Faz um ano e meio que Ievguênia o viu esmurrar o irmão mais velho. Andrei não é filho dele. Nikolai nunca se entendeu com o enteado. No fundo, não pode ver a juventude. Não se conforma em ter perdido a sua. A infância o enternece, mas os adolescentes, descobrindo o prazer, fazem-no perder a cabeça. A ideia de que o enteado pudesse escapar ao serviço militar lhe era insuportável. Durante toda a adolescência do menino, obrigado a conviver com ele por causa da mãe, quando já era óbvio que não podiam estar juntos, Nikolai esperou em silêncio a hora do desagravo. Desde o início, rivalizara com o amor que a mulher nutria pelo filho. Tentou ignorá-lo, porque também a amava. Mas, conforme o rapaz ia se tornando mais bonito, a rivalidade também crescia. Só a promessa de que toda aquela felicidade, inocência e independência um dia teriam fim podia tranquilizá-lo. Se não lhe deram o direito de escolher quando era jovem, por que razão deveria permitir essa liberdade ao menino? Por anos absteve-se de dar a sua opinião, estrategicamente, embora ela fosse clara. Enganaram-se mãe e filho. Porque quiseram. Só eles não quiseram ver. E foram surpreendidos quando chegou a hora. Explodiu pela primeira vez quando ela sugeriu, na mesa do jantar, que o momento estava se aproximando e precisavam tomar providências para liberar o menino do exército. Primeiro, com o rigor seco de uma ordem dada a subalternos e, depois de ela insistir, já totalmente descontrolado, aos berros, ele a proibiu de fazer o que quer que fosse nesse sentido. E nessa hora, porque o amava, mas também por ter sido educada para amá-lo e obedecer a ele, e sobretudo pela filha pequena e por ter se tornado uma mulher fraca com o decorrer dos anos, ela calou. E o rapaz entendeu que estava sozinho, que já não podia contar com a mãe.

Andrei assumiu a responsabilidade do seu próprio futuro. Em princípio, bastava passar nos exames e entrar na universidade para que o deixassem em paz até o final dos estudos. Não podia esperar que o padrasto estivesse decidido a cortar seus planos pela raiz, quaisquer que fossem eles, e que não somente não mexeria uma palha para ajudá-lo mas, no que estivesse ao seu alcance, o impediria de seguir os passos necessários para evitar a convocação. Quando percebeu a estratégia do enteado, e que bastaria estar frequentando um curso universitário para escapar ao exército, Nikolai passou a exigir de Andrei que contribuísse com os gastos da casa se quisesse continuar morando ali. À mãe, alegava que o filho já era um homem. Começou com uma série de provocações que foram tornando a permanência do rapaz cada vez mais insustentável, mas que a princípio Andrei soube desarmar a seu favor, fosse pelo silêncio fosse pela argumentação. Entretanto, Nikolai estava determinado a vê-lo fora dali, e chegou o dia em que, confrontado com o limite lógico dos próprios argumentos, voou para cima do rapaz durante o almoço de domingo e, depois de lhe dar um soco na cara, exigiu que saísse de casa e não aparecesse na sua frente enquanto não pudesse se sustentar por conta própria. A mãe e a irmã, chorando na mesa, tentaram interceder a favor de Andrei, mas foram impedidas pelo marido e pai, que berrava: "Ele vai ter que aprender, como eu aprendi".

Uma vez fora de casa, tendo que pagar para morar e comer, Andrei foi obrigado a interromper os estudos. Teria podido apelar a um médico para obter uma dispensa do serviço militar, enquanto ganhava tempo para continuar os estudos e se preparar para a universidade. Coube a Olga, num gesto temerário que contradizia o seu temperamento em tudo o mais submisso, tomar a iniciativa de procurar o dr. Antónov à revelia do marido e, pedindo-lhe discrição, assegurar ao filho que tudo ia dar certo. Dias antes da apresentação de Andrei ao exército, entretanto, quando voltou ao consultório do dr. Antónov para pegar o certificado de dispensa, Olga descobriu aterrada que ele mudara de ideia. Não foi difícil concluir que o próprio médico havia se consultado com Nikolai antes de fazer o atestado. Envergonhada, sem ter coragem de confrontar o filho, ela fez a única coisa que não podia ter feito e, em vez de ir explicar-lhe o que acontecera, simplesmente o deixou esperando no lugar onde marcaram o encontro. Deixou que o filho se apresentasse ao exército sem a dispensa médica que lhe prometera.

17. Porta de escola, São Petersburgo

Roman está saindo do liceu com os colegas quando avista Maksim parado na esquina, do outro lado da rua. Não o vê faz uma semana. A presença do irmão o perturba mais do que ele pode imaginar. Despede-se dos amigos. Não quer que o vejam na companhia do irmão mais velho. Da última vez que veio procurá-lo na porta da escola, os dois brigaram. Roman hesita entre ir ter com o irmão e seguir na direção contrária, e, quando toma a decisão, Svetlana o interpela:

— Você está me evitando?

— Não. Não estou evitando ninguém — ele diz, olhando na direção do irmão.

— Não fala comigo desde que voltou de férias.

— Estou estudando.

— No início do bimestre?

— Não quero ficar com as mesmas notas em matemática e física do bimestre passado.

— Então, era melhor não ir jogar hóquei todos os dias.

— Não sou eu que decido.

— Que você não decide, eu já entendi.
— É um time. Outras pessoas dependem de mim.
— Não dá pra acreditar. Outras pessoas dependem de você?!
— Tenho responsabilidades com o meu time.
— Responsabilidades?!
— Que história é essa agora? Qual é o problema?
— Qual problema?!
— Que é que você quer? Não tenho nem dezesseis anos. Não era possível que você achasse que a gente ia ficar junto pro resto da vida.

Svetlana não responde. Maksim continua parado na esquina.

— Definitivamente, este não é o melhor momento — Roman diz. Maksim acende um cigarro do outro lado da rua.

— A Liudmila viu você na praça Manéjnaia ontem à tarde — Svetlana diz finalmente, como se revelasse uma coisa engasgada.

— E daí?
— Você não estava treinando nem estudando.
— Estava com amigos. Olha, por que a gente não conversa depois?
— Você vai ter que decidir alguma hora.
— Então, já está decidido.

Roman a abandona sozinha. Atravessa a rua e vai até a esquina onde Maksim o espera. Svetlana observa os dois, de longe, conversando. Maksim diz alguma coisa e Roman balança a cabeça. Está com a cabeça baixa. Maksim o puxa pelo braço. Roman empurra o irmão mais velho.

— Por que não vai você? — Roman pergunta.
— Você não entendeu. Não quero que ele me reconheça.
— Ele também já me viu.
— Não quero que ele me reconheça depois.

— Depois quando?

— Você vai ou não vai?

— Como é que você arrumou o endereço?

— O pai deixou cair um papel no meu quarto, sem querer. Deve ter achado nas coisas da mãe. A letra é dela. Desde que o rebaixaram, ele anda remexendo nas minhas coisas também. Não tem mais nada pra fazer. Está velho. Não consegue mais fazer o serviço direito. Trabalho porco. Agora, deixa rastros. E então? Você vai ou não vai?

Roman abaixa a cabeça e chuta uma pedra. Maksim continua:

— É só levar um recado. Não é nada de mais. Se a gente não tomar a iniciativa, o pai é que não vai fazer nada. É um frouxo. Por que você acha que ele foi rebaixado?

Roman resiste, não quer se envolver. Maksim apela:

— É uma pouca-vergonha. O homem podia ser filho dela. Afinal, você quer um irmãozinho bunda-preta? Porque é isso que vai acabar acontecendo se a mãe continuar a se encontrar com esse operário do Cáucaso. É isso que você quer? Mais cedo ou mais tarde, é o que vai acontecer. Reproduzir faz parte da natureza humana, tanto quanto a guerra. Reproduzir e matar.

18. Dois dias depois

Ainda é cedo quando, voltando para casa com o pão, Andrei vê Marina Bóndareva saindo do prédio. Há quatro dias ela deve ter se encontrado com sua mãe, em Moscou. Ele se esconde na entrada de uma loja que ainda não abriu a esta hora, e fecha os olhos. Não a esperava tão cedo. O coração se acelera. Imagina que ela tenha também encontrado o batedor de carteiras no apartamento e que tudo esteja perdido. Imagina os dias e as noites desde que o conheceu e os outros por vir, sem ele. Imagina o que tem a perder. O amor é o que ele tem a perder. O amor e a guerra se confundem na sua cabeça, como na do ladrão. Imagina e deseja que tudo não esteja perdido. Imagina uma casa na praia, longe do mundo que até hoje ele conheceu, no país do seu pai, onde ele nunca esteve, onde vivem os inocentes. É a casa de que seu pai lhe falava quando Andrei era pequeno. Ele a imagina branca. E, nessa casa, ele imagina a vida possível. Imagina o batedor de carteiras a seu lado. Ele diz ao batedor de carteiras: "Me diga que não é verdade". "O quê?", pergunta o batedor de carteiras. E, antes de ele poder responder, na sua imaginação, que não é possível não haver inocência, que os inocentes têm que viver em algum lugar, Marina vira a esquina, o campo fica livre e ele corre de volta para o apartamento. Sobe as escadas e abre a porta, esbaforido. Larga o saco de pão no corredor e corre até o quarto. Ruslan está saindo do banheiro.

— Que é que você fez?
— Como assim?
— Ela não te viu?
— Não.
— Como é que ela não te viu?
— Deixou um bilhete pra você. Está em cima da mesa, com o passaporte.
— O passaporte..? — Andrei repete, como quem recebe uma notícia ruim.

Volta às pressas para a sala. O passaporte está lá, ao lado do bilhete e de um maço de cartas. O batedor de carteiras podia tê-lo roubado e ido embora. É o que passa pela cabeça do recruta. E o que o ladrão compreende no quarto. O silêncio entre os dois, separados apenas por uma parede de estuque, é a forma que encontraram para dizer um monte de coisas que estão implícitas há dias, desde que se encontraram pela primeira vez, e que não podem ser ditas. Se ao menos o batedor de carteiras tivesse roubado o passaporte, Andrei teria um pretexto para continuar a segui-lo todas as noites, nos arredores da praça Vosstânia. O passaporte sela a separação entre os dois.

— O que é que diz o bilhete? — Ruslan pergunta, do quarto.

Andrei desdobra o papel e lê:

— Ela vai passar daqui a três dias. Pede que eu esteja pronto de manhã. Diz que eu posso procurá-la antes, se quiser. Tem parentes na Karélia. Vão me ajudar a atravessar a fronteira. Diz que é mais fácil e seguro. Na Finlândia, estarei livre para ir aonde quiser.

O resto ele lê em silêncio: "Estamos apenas esperando seu pai mandar a passagem de avião de Helsinque para São Paulo. Deve chegar amanhã. As cartas ao lado do passaporte são dele. Sua mãe me pediu que as trouxesse em mãos, com medo de que se extraviassem".

Do outro lado da parede de estuque, Ruslan fecha os olhos. Os primeiros raios do sol o ofuscam. O sol rasga a mesa da sala, de onde Andrei pega o maço de cartas e o passaporte. Ruslan veste a camisa e a calça. Quando ele surge na soleira da porta, Andrei está com o passaporte aberto nas mãos. Ao ver o batedor de carteiras, ele guarda o documento no bolso da calça. Ruslan desvia os olhos. Andrei enrubesce, percebe o mal-entendido. Fica envergonhado com o que pode ter sido interpretado como um gesto automático de desconfiança, quando na verdade guardou o passaporte apenas por achar ofensivo exibi-lo a um homem a quem não é dado o direito de possuir um.

— Não devo voltar esta noite — diz Ruslan.

— Por quê?

— Daqui a três dias, você vai embora. E é improvável que a gente volte a se ver. Não posso ficar a vida toda. Você não vai ficar aqui. Tem a sua vida também.

— Mas enquanto eu ficar.

Ruslan sorri:

— Tenho um encontro esta noite.

Andrei baixa os olhos, não consegue disfarçar a surpresa e a decepção.

— Se eu te dissesse que minha mãe vive em Petersburgo, você não ia acreditar.

— Pensei que você não tivesse mãe.

— Quando eu a procurei, não queria me ver. Agora, quer falar comigo. Mandou o filho caçula até a obra, ontem à tarde. Marcou pra hoje à noite, em Apráksin Dvor.

Andrei força um sorriso triste:

— Não precisa mentir. Se quiser ir embora... Não tenho nada a ver com a sua vida ou com quem você sai. Nenhuma mãe marca um encontro com o filho, à noite, no bazar, quando as lojas estão fechadas.

— Existem mães e mães. Parece que essa é a minha. Não quer que a vejam. No fundo, você tem razão. Nenhuma mãe marca um encontro com o filho, à noite, no mercado. É por isso, provavelmente, que ela marcou lá.

Ruslan se aproxima de Andrei e o abraça. Fecha os olhos. Mas Andrei não reage. Está inerte como uma pedra. Mal consegue tocar o batedor de carteiras. Ruslan se afasta e lhe estende a mão com uma concha. É a concha que ganhou de Akif.

— Antigamente, de onde eu venho, diziam que as conchas guardavam a ressonância das coisas.

Andrei não se mexe. Ruslan deixa a concha em cima da mesa, abre a porta e desce as escadas. Andrei fecha a porta. A raiva circula pelos dedos das mãos, pelas mãos e pelos braços, pelo tronco, pela cabeça, pelas pernas e pelos pés, sem achar uma saída. O recruta dá um soco na parede e cai, num espasmo de dor. Fica no chão, imóvel, de olhos fechados, para não correr atrás de Ruslan. Fica assim durante quase meia hora. Depois se levanta e vai até o quarto. E só então vê o papel dobrado entre os lençóis. É uma carta. Ele lê: "Quando eu era pequeno, viajando pelas montanhas com o meu pai, para conhecer a terra dos seus antepassados, passamos por uma casa onde havia nascido um animal que era dois sem ser nenhum. Uma égua dera à luz um potro no qual estavam misturados dois embriões. A isso chamam quimera, como depois eu ia aprender na faculdade.

Era um animal estranho, parecia um potro, mas era outra coisa, dois fundidos num só, indistintos. Não conseguia ficar em pé. As quimeras são raras e os pastores nas montanhas as veem como portadoras de mau agouro, porque põem a reprodução num impasse, fazem da reprodução uma monstruosidade. Por isso, quando esses animais não morrem ao nascer, os próprios camponeses se encarregam de lhes dar um fim. Nas montanhas, todo homem tem um *kunak*, um amigo estrangeiro que o salvará da morte e que ele também tem a obrigação de salvar. Nenhum homem será completo enquanto não encontrar o seu *kunak*. Só então poderá seguir o próprio caminho em paz, sabendo que existe no mundo alguém, como ele, com quem ele pode contar na vida e na morte. As quimeras morrem para que sobreviva o pacto dos que não podem contar nem com Deus nem com os anjos". Andrei acaba de ler e vai até a sala. Pega a concha que Ruslan deixou sobre a mesa e a guarda no bolso.

19. Sobre o Oiapoque

Mais de uma hora depois de o turboélice decolar de Belém, e antes de cruzarem o Oiapoque, o rapaz sentado na poltrona da janela, ao lado de Alexandre Guerra, pede ajuda para preencher o formulário de imigração do Suriname. Diz que não fala inglês. Alexandre percebe que o rapaz não poderia preencher o formulário nem mesmo se fosse escrito em português. O rapaz quer saber se ele também vai até Paramaribo.

— Fico antes, em Caiena — diz Alexandre.

Não diz que é a sua última viagem e que está cheio de tudo isso, de fundos falsos na mala, acondicionamentos escusos, contatos na polícia dos dois lados da fronteira, propinas nas alfândegas, noites maldormidas na selva. Faz dois anos que vem fazendo o mesmo trajeto de avião a cada três meses, a título de representante comercial de uma firma de autopeças que não existe. Passa por homem de negócios. E é incrível que nunca ninguém tenha desconfiado de nada. O rapaz ao seu lado está com um chapéu de couro e as mangas da camisa xadrez arregaçadas até os cotovelos. Vai trabalhar no garimpo, na mata. É a segunda vez que viaja para o Suriname. Assim que Alexandre termina de preencher o formulário, o passageiro que está na poltrona atrás da sua também lhe estende o seu e pede que faça o mesmo. Vem da mesma cidade do rapaz ao lado de Alexandre, do sertão do Ceará. São primos. Pretende guardar dinheiro e voltar para casa em um ano. O dono do garimpo é um indiano que comprou terras da floresta com incentivos do governo e importa mão-de-obra do interior do Nordeste brasileiro. Alega razões de segurança para ficar com os passaportes dos empregados durante o tempo que passam em suas terras, onde dormem, comem, bebem e se endividam. Muitos terminam com menos dinheiro do que quando chegaram e só voltam para casa quando já não têm nenhuma serventia — às vezes inválidos. Alguns acabam enterrados na mata.

— Tem que prestar atenção pra não gastar mais do que ganha — o rapaz explica ao primo sentado na fileira de trás, um conselho um tanto envergonhado e tardio, como se quisesse mostrar algum bom senso ao homem que gentilmente preenche os formulários. — Falo por experiência própria — ele diz.

— Então, por que resolveu voltar? — Alexandre pergunta, enquanto preenche a ficha de entrada com os dados do primo.

O rapaz não responde. Sorri sem graça. Não tem escolha. É possível que tenha recebido uma oferta de abatimento de dívida contra o fornecimento de mão-de-obra nova para o garimpo. E que esteja trazendo o primo para se salvar. Nesse caso, é um traidor. Há outros como ele e o primo no avião e, num instante, Alexandre está preenchendo outros formulários de mãos que lhe estendem os passaportes em silêncio.

Conforme escreve os nomes, é tomado por uma tristeza que não tem fim. E por um sentimento de fracasso. Lembra a primeira vez que pegou um desses aviões turboélices, há dois anos, oito depois de voltar da Rússia. Na época, representava uma companhia de autopeças de verdade e estava a caminho de Caiena para fechar negócio com um revendedor local. Sentou-se ao lado de um suíço gordo e branco, que suava em bicas e que ficou especialmente interessado quando Alexandre lhe confidenciou suas frustrações profissionais, depois de contar que era botânico, formado em Moscou, embora as circunstâncias o tivessem obrigado a trabalhar no comércio. O suíço tivera negócios na Rússia durante o caos econômico dos anos Ieltsin e arranhava uma ou outra palavra de russo.

— Ah! As plantas! Também sou apaixonado por plantas. *Miniá zavut* Philippe, *a família* Martin. Ha, ha, ha — disse, estendendo a mão.

Tinha trabalhado com cientistas russos. O acaso quis que ficassem hospedados no mesmo hotel, no centro da cidade, de modo que dividiram o táxi do aeroporto, dando ao suíço a oportunidade de perguntar a Alexandre, no trajeto, se não gostaria de voltar à botânica, sua área de formação, e se tinha disponibilidade de viajar com frequência para o exterior. Quando o sol se punha e o calor arrefecia nem que fossem uns poucos graus, Alexandre costumava caminhar do hotel até a praça principal, para espairecer entre as palmeiras que podia avistar da sacada do quarto. Na segunda noite, quando atravessava a rua de volta, ouviu alguém chamá-lo do alto. O suíço estava debruçado na sacada do quarto, no segundo andar, e o convidava para jantar na casa de amigos, em Montjoly. Mesmo à noite, o calor era insuportável. Tomaram um táxi. Alexandre chegou com a camisa empapada. Foram recebidos pelo dono da casa, Ernest Collin, um francês de aspecto desagradável, e por sua mulher vinte anos mais jovem, Suzanne, que, depois de muito insistir, conseguiu convencer Alexandre a lhe entregar a camisa encharcada e esperar no banheiro, enquanto ela a secava. Em cinco minutos, voltaria com a camisa pendurada num cabide. Por um ano, os dois se encontraram furtivamente, a maior parte das vezes em Belém, e uma única vez no Rio de Janeiro. Ela era alta, loura e nariguda. Uma mulher brusca, direta a ponto de muitas vezes parecer grosseira. Foi a primeira a dar nome ao serviço que ele fazia para o marido dela. A primeira a nomear com todas as letras o trabalho sobre o qual ele evitava falar, como se a consciência do que fazia lhe fosse intolerável. E foi o suficiente para que, depois de um ano de encontros escusos e, pelo menos no início, apaixonados, nas tardes modorrentas e chuvosas de Belém, ele se desinteressasse dela até não poder mais vê-la. Não lidava bem com as contradições.

— Você não é superior a nenhum dos homens que eu conheci, e talvez seja até bem pior do que eles, porque traiu os seus, porque expropria as riquezas do seu país com o intuito de enriquecimento próprio, com a mesma vulgaridade de um político corrupto. Você é uma caricatura — ela disse quando se separaram.

As palavras da amante, que Alexandre podia ter entendido apenas como provocação amorosa, terminaram contribuindo para que ele tomasse a decisão, mas havia outra coisa. Não voltará a Caiena, ele diz ao jovem garimpeiro ao seu lado, com a altivez de quem já não pode ter orgulho, ao lhe devolver o passaporte e o formulário preenchido.

Uma semana antes, na última noite em que dormiu na selva, a trezentos quilômetros de Belém, antes de embarcar para a Guiana Francesa, Alexandre propôs um brinde de despedida ao mateiro com quem se encontrara a cada três meses durante dois anos. Examinou as plantas que ele lhe entregara e as acondicionou com cuidado num cilindro. Encheu de cachaça as duas canecas de ágata e, duas canecas depois, falou do filho na Rússia. Nunca havia falado do filho a ninguém. Nem à amante francesa. É um assunto novo. E ele não quer falar de outra coisa.

— A última vez que o vi, quando nos despedimos, ele me perguntou se eu voltava para o aniversário dele.

— Quantos anos ele tinha? — pergunta o mateiro.

— Ia fazer dez.

— Você não vai reconhecer o seu filho.

— Será? — Alexandre sorri. — Nem sei se ele fala português. Pelo menos, agora vou poder fazer alguma coisa por ele.

— Por que você foi embora?

— Não tinha mais nada pra fazer lá. O que eu ganhava por mês não dava nem pra comprar um pedaço de carne. A mãe quis ficar. Não podíamos continuar vivendo juntos.

— Quer saber? Você diz que está se despedindo, que não volta mais aqui, mas nunca vi ninguém largar um trabalho assim. Você não vai conseguir.

— E quando o meu filho estiver comigo? Que é que eu vou dizer pra ele?

O mateiro dá de ombros, toma um gole:

— Não precisa dizer nada.

— Mais dia menos dia, ele vai acabar sabendo.

— Que o trabalho é sujo? E daí? Quem tem escolha?

Alexandre olha para dentro da mata escura. A única luz num raio de dezenas de quilômetros vem do lampião em cima da mesa no alpendre onde estão bebendo. A palhoça com paredes de troncos finos, um ao lado do outro, fincados no chão de terra batida, fica numa pequena clareira. A luz que afugenta os predadores é também a que os faz, conversando no meio da selva, mais vulneráveis. Não enxergam nada ao redor, mas podem ser vistos por qualquer um escondido na mata. Pela primeira vez, o que o mateiro diz lhe causa um estremecimento. Até então nunca tivera medo, não tinha nada a perder. Mas agora, com a perspectiva da vinda do filho, não pode continuar se arriscando. De repente, se dá conta de que não sabe nada da vida do mateiro, se é casado, se tem filhos; nesses dois anos, nunca lhe fez nenhuma pergunta pessoal.

— E você? Tem filhos?

— Três. Dois meninos e uma menina.

— E nunca pensou em largar, por eles?

— Aí é que não dá mesmo. Não largo por causa deles.

— Podia fazer outra coisa.

— O quê? Fui garimpeiro, dirigi caminhão. Conheço essa terra toda. Agora, só porque seu filho está chegando, você acha que pode lavar as mãos e esquecer o que fez? Só trago da floresta as plantas que você me pede. O que você faz com elas não é problema meu. E você paga bem.

— Quero ajudar o meu filho. Vou fazer por ele o que nunca fiz por ninguém.

O mateiro sorri:

— É bonito.

— Não acredita?

— Ainda gosta da mãe dele?

— Essas coisas a gente não escolhe. Faz dez anos que não a vejo.

— Ainda pensa nela? — o mateiro pergunta.

Alexandre não responde.

— E por que só agora resolveu ficar com o menino?

— Não é mais um menino. E não pode ficar onde está. Pela primeira vez, ela me disse que sozinha já não pode salvar a vida dele. E me pediu que o salvasse.

Logo depois do jantar na casa dos franceses, em Montjoly, ainda na primeira noite (porque haveria outros jantares, todas as vezes que viesse a Caiena dali em diante), observando o mar pelas janelas abertas da sala, Alexandre compreendeu por que fora convidado. O suíço procurou introduzir o assunto, cheio de dedos e eufemismos, mas foi cortado pelo anfitrião, que trabalhava para gente interessada nas propriedades medicinais de plantas da floresta. Tal qual a mulher, ele preferia ir direto ao assunto, ao mesmo tempo que nunca dizia o nome de ninguém, de nenhum pesquisador, de nenhum laboratório.

— Então, o senhor é botânico. Sempre me fascinaram os botânicos. Têm um sentido prático, oriundo talvez do trabalho de campo, que nós, químicos de laboratório, não conhecemos. O senhor deve saber que a pesquisa científica sofre reveses e entraves burocráticos muitas vezes fatais para o conhecimento. Se pudermos fazer alguma coisa pelo bem-estar do ser humano e o desenvolvimento da ciência, por que cruzarmos os braços? Deve saber também que não há pesquisa científica sem verbas e que o dinheiro, querendo ou não, está nas mãos dos grandes laboratórios. O pragmatismo é o remédio para o atraso. Me diga o que é melhor: que os que descobrem a cura de doenças fatais sejam ressarcidos por sua preciosa contribuição à humanidade ou que os males continuem grassando pela Terra, enquanto a cura se mantém adormecida bem diante dos nossos olhos impotentes, no meio da selva, inacessível aos saberes competentes, incapacitados de lhes despertar as propriedades terapêuticas, por culpa única e exclusiva de alguma barreira protecionista irresponsável e homicida? E isso enquanto não devastarem todo esse potencial. Se todos no mundo desfrutam das benesses do conhecimento científico, por que vetar aos cientistas competentes, simplesmente por serem de outros países, o acesso a um material de trabalho que terá consequências universais? Baseado em quê? Na estreiteza de um pensamento nacionalista? Nos interesses pessoais de alguns políticos corruptos? Vão esperar até quando? Até terem queimado toda a floresta? Tentamos por vias legais. Se não fosse a paranoia do seu país, nada disso seria necessário.

Enquanto o sr. Collin falava, num francês lento e compassado, para se fazer compreender pelo estrangeiro que ainda assim sofria para acompanhá-lo, Suzanne já se insinuava discretamente. Seus olhares eram inequívocos. Com o desenvolvimento do caso entre os dois, deflagrado num hotel do centro de Belém, no mês seguinte, o francês de Alexandre ia manifestar uma melhora sensível e comprometedora que, aos olhos de um marido mais ciumento, teria bastado para denunciá-lo. Até o vocabulário de Alexandre passou a corresponder ao da mulher. Mas o sr. Collin não estava preocupado com as descobertas, como já deixara claro. Interessava-se apenas pelo valor delas. As escapadas da mulher só lhe despertariam desconfiança se houvesse nelas a possibilidade de uma futura capitalização da qual ele não pudesse desfrutar, o que não era o caso.

Durante os dois anos que trabalhou para aquele homem, Alexandre entendeu muito mais sobre a exploração e a miséria humana do que em todos os anos de militância, clandestinidade e exílio. Nada do que havia decorado nos livros e repetido em assembleias e sindicatos chegava aos pés daquele exemplo vivo da escória humana. E o pior é que, no fundo, como terminaria lhe dizendo a mulher que ele dividia com aquele homem, Alexandre não era melhor nem pior do que ele. Ao se pôr a serviço dos Collin, mostrou que era feito da mesma matéria. E, se não compartilhava do mesmo cinismo, tampouco suportava o peso de tanta consciência. O que fazia, com pudor, tinha as mesmas consequências dos atos deliberados do francês. O que os diferenciava, em prejuízo de Alexandre, era a hipocrisia.

Um mês depois de se separarem — ou melhor, um mês depois de ele decidir que já não podiam continuar a se encontrar —, Alexandre a viu no aeroporto de Caiena, quando ela embarcava, de volta para a França, com o marido. Desde que deixaram de se encontrar, ela evitava estar em casa quando Alexandre aparecia. Por conta de um atraso infeliz do avião em que os Collin embarcariam para Paris, entretanto, acabaram se cruzando na sala de espera do aeroporto, onde Alexandre esperava o voo para Belém. Na véspera, entregara ao francês a encomenda que agora o casal levava numa das malas de mão. Ele os cumprimentou de longe e procurou uma cadeira afastada. Não queria incomodá-los. E eles tampouco manifestaram vontade de se aproximar. Até ali, nunca lhe ocorrera que Ernest Collin pudesse saber de seus encontros com a mulher e que houvesse um pacto civilizado entre os dois. Assim que a aeromoça chamou os passageiros para Paris, Suzanne disse algo ao marido, levantou-se e caminhou na direção do ex-amante, enquanto o marido esperava na fila. Ela já estava em pé ao lado de Alexandre quando disse a frase que o impediu de se levantar para cumprimentá-la, como planejara ao vê-la vindo na sua direção. Ela sorriu e disse apenas:

— Estou levando um filho seu.

A aeromoça chamou mais uma vez os passageiros do voo para Paris.

— É o meu voo — ela completou, e voltou a se reunir ao marido, na fila.

E enquanto os dois se afastavam pela pista rumo ao avião, seguindo a fila de passageiros, pela primeira vez ele sentiu uma angústia que só iria nomear quando já estivesse dentro do avião, pouco antes de pousar em Belém. Fora roubado. Ao ver, através da parede de vidro da sala de espera, o casal que embarcava com suas malas de mão num voo para Paris, ele sentiu que perdera. Não era Suzanne. Não sentia nada por ela. Era o que ela havia dito quando se separaram e agora na sala de espera. Pela primeira vez, entendeu o roubo e a violência de que fora vítima, achando que fazia um grande negócio. Ao ver o francês que se afastava pela pista do aeroporto, levando na mala de mão o que ele lhe entregara na véspera, Alexandre se sentiu expropriado, pela primeira vez. O francês de mãos dadas com a mulher pela pista do aeroporto levava uma parte dele. Era como se ele tivesse vendido a própria mãe. E, de quebra, entregado um filho de graça.

20. Noite, São Petersburgo

Anna se espanta ao abrir a porta e dar com o filho refestelado no divã coberto com o tapete de motivos vermelhos que ela herdou da avó. Maksim não aparecia em casa fazia uma semana. Desenvolveu nos últimos anos uma expressão cínica que ela terminou por associar, com o decorrer do tempo, aos russos em geral e que só lhe dá ainda mais vontade de visitar a irmã em Nova York. É com essa expressão que ele a recebe. Confusa, ela pergunta ao filho mais velho se ele sabe do menor, enquanto tira os sapatos na entrada.

— Roman está treinando com o time de hóquei — ele diz.

Anna vê, sobre a mesa da sala, o envelope que havia desaparecido, e entende que tanto o sumiço como a volta de Maksim têm a mesma razão.

— Ele me falou do caucasiano — ele continua.

Anna vai para a cozinha, prefere não ouvir, e no caminho recolhe a carta da mesa de jantar e a guarda no bolso da saia. O filho a segue.

— Afinal, ele veio mesmo — Maksim insiste, irônico. E ela continua a fingir que não está ouvindo. — Não precisa ficar tensa. Roman não entendeu nada. É claro que não sou eu que vou explicar a ele. Acha que você está esgotada por causa da obra e que o melhor seria fazer uma viagem, nem que fosse sozinha, sem o papai, para descansar. Acha que as férias em Víborg não foram suficientes. Também, que é que um menino de quinze anos pode pensar depois de ver a mãe se trancar no quarto aos prantos só porque um operário veio perguntar se ela queria trocar os batentes das janelas?

Anna tenta se conter, sente-se cada vez mais encurralada. O filho prossegue:

— É claro que você não vai conseguir sustentar tudo isso por muito tempo. Até porque ele deve voltar. Ou não?

Anna está trêmula. Maksim não lhe dá tempo para responder:

— Não sei se entendi bem. Você prefere que ele volte? Que é que você viu nesse caucasiano? — ele diz.

E, nessa hora, descontrolada, ela vira a mão e acerta um tapa no filho. Ele se curva, com o rosto nas mãos, e, quando volta a encará-la, está com os olhos vermelhos e uma expressão de revolta como fazia muito ela não via. Os dois ficam um instante em silêncio.

— Você não acha que deve uma explicação a nós três? — ele retoma.

Ela dá as costas para ele, apoia-se na pia.

— Quando são jovens, as pessoas se enganam, cometem erros. Têm a vida pela frente. Por que não teriam direito a uma segunda chance? — ela se enrola nas próprias palavras. É como se pensasse em voz alta. Não sabe se fala sobre o filho ou sobre si mesma.

— Papai sabe que você tem um amante? — Maksim pergunta.

Ela se vira para ele com um sorriso triste nos lábios:

— Não é amante. É seu irmão.

E, pela primeira vez desde que voltou para casa, Maksim perde o chão. A frase o desmonta. Leu a carta várias vezes na última semana, mas o ódio não permitiu que a entendesse. Leu tudo ao contrário. Aquela era uma revelação que não podia passar por sua cabeça, uma realidade que ele não podia compreender e que faria tudo para extirpar. E talvez por isso não a tenha enxergado. Um irmão do Cáucaso é pior do que morrer, do que nascer cego ou preto. Ela chora para não ter de ouvir. E é quando Roman gira a chave da porta de entrada e Maksim sai da cozinha às pressas e vai se trancar no quarto.

Da escada, Roman ouviu os gritos do irmão, que discutia com a mãe. Depois de fechar a porta, assim que tira os sapatos, no hall de entrada, ouve o telefone e corre para atender. Dmítri lhe diz que não virá jantar. Está atolado de trabalho. Talvez tenha de virar a noite no escritório. Mente. Na verdade, está pronto para sair, com a maleta na mão. Despede-se do filho, desliga o telefone e sai do escritório. Enfrenta meia hora num trânsito infernal para fazer pouco mais de um quilômetro entre o trabalho na avenida Litéini e sua casa. Melhor teria sido ir a pé. Depois de deixar o carro na garagem, que fica numa rua transversal, posta-se na calçada oposta à do edifício no *style moderne* do início do século, do outro lado da avenida, e espera o filho sair pelo grande arco de entrada, que leva ao pátio interno. Quando Maksim sai do prédio, às dez e meia da noite, o pai já o espera faz mais de uma hora. E o segue. Se há uma novidade no comportamento de Dmítri posterior ao desligamento de suas antigas funções no trabalho, ela diz respeito sobretudo a Maksim. Com a transferência, transformou o próprio filho no objeto de uma prática que vinha exercendo havia anos e que já não tem, para ele, nenhuma finalidade profissional — mas da qual se tornou um refém psicológico. Sem motivos profissionais que lhe justifiquem rastrear a vida dos outros, passou a seguir o filho mais velho. E se no princípio ainda o fazia com a perícia adquirida por formação, aos poucos, conforme foram se delineando os contornos da insensatez, já não se preocupa nem mesmo em dissimular os rastros. Se não for um idiota (e essa é uma questão imponderável), Maksim de alguma forma, nem que seja inconsciente, terá entendido que agora conta com um cúmplice dentro de casa. Não foi outro senão o pai quem fez chegar a suas mãos o endereço da obra onde trabalha o caucasiano — apesar de tudo, Maksim não é estúpido a ponto de achar que a mãe deixaria por descuido uma informação dessas ao seu alcance. Se não fosse por isso, ele não teria podido conceber a impostura e enviar Roman como mensageiro da mãe, e a esta altura não estaria a caminho de Apráksin Dvor.

Dmítri vem interceptando os e-mails entre Maksim e seus colegas. Sabe o que foi combinado para esta noite. E por isso não se espanta quando o filho enverda por uma ruela sob arcos e entra no mercado, antro de pequenos crimes durante o dia e um dos lugares menos indicados para um rapaz de dezenove anos, sozinho, à noite. As lojas que de dia vendem todo tipo de quinquilharia estão fechadas. Uma luz amarela e difusa se esparrama pelas passagens de pedestres descobertas sob o céu de estrelas. Já não há ninguém no bazar a esta hora, a não ser um ou outro cliente recalcitrante de um bar de música country plantado bem no meio das ruelas comerciais — e que costuma ficar às moscas durante a semana. O lugar foi escolhido a dedo. Nas ruelas de pedestres, montanhas de caixotes de madeira e caixas de papelão atravancam a entrada das bibocas fechadas. São os restos do comércio diurno, à espera dos caminhões de lixo que virão retirá-los de madrugada. Maksim procura alguém. À passagem de Dmítri, algumas caixas se movem na frente das lojas fechadas. Há gente dormindo ali dentro. Ficam amedrontados com a presença do homem que segue o filho. Olhos assustados o fitam de dentro da escuridão, como bestas na selva. Sob uma arcada, Maksim encontra seus comparsas. Desta vez, são cinco. Por antecedência, Dmítri sente vergonha da covardia do filho — e da sua própria. Da sua cumplicidade sonsa. Dois dos rapazes com casacos de couro e cabeça raspada também estavam na noite do ataque ao funcionário do FSB, na catedral de Kazan. Dmítri os reconhece. Os outros são novos. É a primeira vez que Dmítri os vê. Maksim tira um maço de notas do bolso e os paga. É o dinheiro que rouba há meses da mãe — e que Dmítri vem repondo nas últimas semanas, para que ela não perceba. Maksim lhes indica onde devem ficar e os cinco se dispersam, deixando-o só. Dmítri observa o filho que criou. É um rapaz magro e translúcido, fraco, que se prepara para cometer um crime. Está nervoso. Acende um cigarro. Espera, encostado a uma pilastra de ferro. Mas não consegue ficar parado. Deixa o medo transparecer, apesar de todos os preparativos. Mesmo de longe, Dmítri pode sentir o cheiro do medo que o corpo do filho exala e que lhe dá náuseas. Maksim não para quieto. Anda de um lado para outro. Olha em torno, demonstrando uma fragilidade que faz o pai sentir ao mesmo tempo culpa e vergonha. Está condenado a salvar o filho. Está ali para isso. Quando Maksim completou dez anos, ele o levou para pescar no gelo, no inverno, com o avô que havia feito o mesmo com Dmítri quando ele completara nove anos. Foi por teimosia, a despeito do desejo do menino, contra a vontade de Anna. Brigou com a mulher antes de sair de casa. Sonhava com o dia em que poderia ensinar o filho a pescar, como seu pai lhe ensinara na infância. Queria mostrar o neto ao avô. Mas acabou entendendo que Maksim não era o filho que ele imaginara em seus sonhos. Em meia hora, cheio de vergonha, com o menino aos prantos e enregelado, agarrado ao seu joelho e pedindo para voltar para casa, Dmítri foi obrigado a ouvir do pai que ele não tinha competência para criar um filho e que mais cedo ou mais tarde sofreria os efeitos. Maksim apaga com a sola do sapato o cigarro que jogou no chão. Quando levanta o rosto, sente uma presença às suas costas e se vira assustado.

— Onde é que ela está? — o caucasiano lhe pergunta, embora, ao vê-lo, já saiba a resposta.

— O que te faz pensar que ela viria?

A irritação, mais do que a inocência, não deixa Ruslan perceber a armadilha. Ele avança sobre Maksim, que tenta se esquivar, em vão.

— Eu vou repetir: onde é que ela está? — ele pergunta, segurando o irmão pelo colarinho.

Antes mesmo de Maksim poder responder, sua expressão se converte de medo em vergonha e Ruslan entende que já não estão sós. Olha para os lados e larga o irmão. Está cercado por cinco rapazes armados com barras de ferro.

— O tom agora vai ser outro. Você vai pagar pela presunção e pela burrice. Como é que pôde pensar que ela viria a um lugar destes pra te encontrar a esta hora? Você acha que ela é o quê? Acha que ela é como as mulheres da sua terra? Você acha que minha mãe é puta? Você ofendeu a minha mãe e vai pagar por isso. Vai ter que pagar. Como é que foi passar pela sua cabecinha de merda que ela pudesse amar um porco como você? Você não se enxerga, seu bunda-preta filho-da-puta? Que é que você está fazendo na Rússia? Aqui não é o seu lugar.

Conforme fala, Maksim se afasta de Ruslan, sai do cerco formado pelos companheiros. Quando passa por um dos rapazes armados, faz um sinal com a cabeça. Os cinco se aproximam de Ruslan. Com os braços sobre a cabeça, ele se protege como pode dos golpes que lhe desferem, enquanto gritam injúrias em nome da pureza do sangue e da pátria. Cai de joelhos já no quinto golpe, segurando o braço deformado pela pancada. Sua queda é acompanhada de um uivo, e os cinco avançam com mais ímpeto, sem medo. As barras de ferro o atingem na cabeça e nas costas. Um filete de sangue escorre pelo ouvido enquanto o corpo desaba no chão. Dmítri acompanha, impassível, o espancamento. Em meio aos golpes, ouve-se um grito que vem de fora, de alguém que chama pela polícia. Há uma movimentação entre as caixas amontoadas na frente de uma loja. Algumas pessoas que dormiam ali dentro saem correndo. O grito se repete, desesperado, várias vezes, esganiçado até o limite da voz. Os cinco agressores se assustam e debandam. Só Maksim permanece, paralisado diante do corpo caído no chão com a cabeça numa poça de sangue. É uma espécie de fascínio. Não consegue arredar o pé. Começa a tremer convulsivamente. Um vulto se atira sobre a vítima. É um rapaz, o dono da voz, já rouca, que continua gritando por socorro. O gerente do bar de música country vem correndo. O rapaz, com a vítima em seus braços, não para de pedir socorro. Baba de tanto berrar sozinho. Usa um moletom verde. O capuz está caído nas costas. Na capital da visibilidade, do poder e da beleza planejada, ele só vê o horror, o *bunker*, a cidade sitiada para sempre. Tem a cabeça raspada à maneira dos recrutas. Ouve-se, então, uma sirene. Alguém chamou a polícia. Dmítri corre até o filho hipnotizado e trêmulo. Precisa tirá-lo dali o quanto antes. Por um segundo, já segurando Maksim, seu olhar cruza o do rapaz de cabeça raspada, quando este, sempre abraçado à vítima, ajoelhado no chão, levanta o rosto coberto de cuspe e de sangue. A sirene é cada vez mais forte. Dmítri sai de cena, levando o filho. A polícia entra no mercado. Um policial pede uma ambulância pelo rádio. A central diz que o chamado de socorro foi feito de um celular registrado no FSB. Um agente deve ter presenciado a cena. O policial diz que não há nenhum agente no local. Pergunta ao rapaz de moletom o que aconteceu e qual sua relação com a vítima.

— É meu amigo — Andrei diz. — Não é daqui — continua, agora já empunhando o passaporte que tirou do bolso da calça e que coloca na mão do rapaz ensanguentado em seus braços. Aperta os dedos do rapaz desacordado, forçando-o a segurar o passaporte. Mas os dedos já não têm vida própria.

O rapaz de moletom verde se recusa a largar o corpo inerte, em seus braços:

— Vocês têm que tirar ele daqui, desta cidade, deste país. Ele não é daqui. É estrangeiro. Não tem nada a ver com isso. Está aqui o passaporte dele. Alguém tem que salvá-lo!

— E você, quem é? — pergunta o policial.

— Eu?

21. Dez dias depois, a caminho de Púlkovo

O carro avança um pouco mais rápido pela avenida Moskóvski na direção do aeroporto de Púlkovo, depois de quase uma hora num engarrafamento-monstro desde as margens do Fontanka. Passam por uma sucessão de quarteirões stalinistas, edifícios que se repetem, todos iguais, sólidos como fortes de pedra cinza.

— De quando são esses edifícios? — Roman pergunta ao pai.

— Foram construídos depois da guerra. Não está vendo aqueles arcos entre um e outro?

— Que é que têm?

— Não está vendo como são altos? Não acha que são desproporcionais?

— Porque são tão altos?

— E estreitos.

Roman ri:

— E pra que eles servem? O engenheiro errou no cálculo?

— O que é que você acha?

— Sei lá.

— Foram construídos depois do cerco da cidade, foram feitos pensando na possibilidade de uma nova guerra. Com arcos desse tamanho, eles podiam instalar os lança-mísseis nos pátios internos, entre os prédios, protegidos pelos edifícios.

— Como é que você sabe disso?

— Porque eu sei. Seu avô morou aqui. As paredes dos apartamentos são muito grossas. Olhe só. São como fortalezas. — Dmítri aponta para as construções do lado direito da avenida. — Ficam bem separados um do outro. Assim, se um dos prédios for bombardeado e cair, não derruba os outros em volta.

— Seu pai lutou na guerra?

— Ele era menor que você naquele tempo. Mas sobreviveu ao cerco, comendo grama e sola de sapato. As pessoas morriam andando na rua.

— De fome?

— Caíam mortas.

— Você já contou essa história — diz Maksim, entediado, virado para a paisagem à esquerda, sentado no banco de trás, ao lado do irmão.

Anna vai na frente, impassível, de óculos escuros, ao lado do marido. Passa todo o trajeto, de casa até o aeroporto, sem dizer uma palavra, imóvel.

— Até onde vieram os alemães? — Roman insiste.

— Acho que a frente era mais ou menos por aqui — Dmítri continua.

— Não dava pra sair da cidade?

— Só no inverno, quando o lago congelava, às vezes eles conseguiam passar artigos de urgência, comida e remédios. Mesmo assim, era muito difícil.

— E as pessoas ficaram mais de dois anos comendo grama e sola de sapato?

— Pra que você estuda tanto? Até parece que nunca foi à escola — diz Maksim, sempre olhando para o lado de fora.
— Não fui eu que perdi o ano.

Maksim se vira e dá um soco no irmão e, antes de Roman poder revidar, Dmítri estica o braço direito para trás e o segura:
— Já chega.
— Por que ele, que nem estuda nem nada, vai para Nova York e eu não?
— Por isso mesmo, porque você tem provas.
— Por que você não vai com eles?
— Eu já disse, Roman. Só posso sair da Rússia daqui a cinco anos.
— Mas você já não trabalha com nada que tenha a ver com a segurança nacional.
— Trabalhava até outro dia. Tenho que esperar cinco anos para poder sair.
— Então, daqui a cinco anos eu vou com você, combinado? Se o Maksim está indo agora com ela, eu também tenho direito, certo?

Ninguém responde. Dmítri os deixa na entrada do terminal e vai estacionar o carro. Roman quer acompanhá-lo até o estacionamento.
— Não, não. Vá ajudar sua mãe e seu irmão com as malas.

Roman obedece, contrariado. No carro, sozinho, enquanto procura uma vaga, Dmítri pensa em sua família. Desde o início, lutou desesperadamente pelo casamento e por aquela mulher. Desde o primeiro instante em que a viu, ele a amou perdidamente. Só Deus sabe o que foi preciso para manter a família unida durante todos estes anos. Ultrapassou limites que, por princípio, sempre considerou intransponíveis. Não se arrepende de nada. Os fins justificam os meios. Em alguns meses, quando a poeira baixar, quando tudo for esquecido, Maksim poderá voltar para

Petersburgo sem o risco de ser acusado de nada e eles viverão novamente em paz, como quando os meninos eram pequenos. Sente-se mais próximo de Maksim agora que guardam o mesmo segredo. Agiram para salvar a família. E essa cumplicidade garante seu silêncio e aplaca a culpa de ter usado o filho. Se depender deles dois, Anna nunca saberá de nada. São capazes de qualquer coisa no mundo para poupá-la da pena. É isso o amor. Mas, no fundo, não é possível afirmar com certeza que ela não saiba. E o silêncio dela não deixa de ser uma forma de reconhecimento.

Dmítri se junta à mulher e aos filhos na fila antes do controle de passaportes. Beija a mulher na testa e Maksim no rosto, ao se despedir.

— Mande lembranças para a Vera. Diga que daqui a cinco anos, quem sabe... — ele se lembra de dizer à mulher quando ela se vira para trás pela última vez e acena discretamente, antes de passar pela polícia. Ele vê naquele pequeno gesto, que em outras circunstâncias seria simples, banal até, o esboço de um agradecimento, e se sente recompensado.

Roman interrompe os devaneios do pai:

— Eu devia ter pelo menos algum tipo de compensação, você não acha? Já que não posso ir para Nova York com eles. Se é que há alguma justiça no mundo.

— Prometo que te levo ao Palácio de Gelo quando o CSKA jogar contra o Spartak.

— Palavra de honra?

Na sala de espera, enquanto Maksim vai comprar um refrigerante, Anna, sempre de óculos escuros, escuta com interesse dissimulado um grupo de turistas franceses que conversam a poucos metros dela. Desde que se casou, nunca mais falou aquela língua, que já não lhe serve. Para ela, o francês se tornou uma língua extinta. Os turistas conversam com uma mulher risonha e falante, com um sotaque que Anna não identifica.

— Não, não sou russa; sou brasileira — a mulher esclarece. — Vivi um ano em Paris, quando era estudante. Se gostei de São Petersburgo? Como é que podia não gostar? É uma cidade tão linda. Ninguém diz, não é?, mas parece que também há muita violência. Comigo, graças a Deus, não aconteceu nada. Vocês não ouviram falar do brasileiro que foi atacado no bazar? Eu soube por uma amiga da embaixada, em Moscou. Um rapaz foi espancado até a morte. À noite, no bazar. Bem no dia que eu cheguei à Rússia, e não posso dizer que isso não tenha me deixado com uma impressão estranha.

22. Seis meses depois (abril de 2003, véspera dos trezentos anos da cidade)

— As pessoas fazem as coisas mais estranhas para não ficarem sós — Iúlia diz, devolvendo a carta a Marina, depois de lê-la. Estão sentadas no café da rua Rubinshtein.

— Eu não podia tê-lo deixado sozinho. Ele deixou a carta no apartamento. Não tinha mais nada. Nada para deixar para trás. Nem roupas nem objetos. Eu disse que ele podia usar as roupas de Pável. E ele esqueceu esta carta — Marina responde, enquanto a guarda de volta na bolsa.

— Talvez não tivesse para quem mandar.

— Talvez. Era um menino especial. A mãe disse que falava sozinho.

— Talvez nunca tenha havido ninguém e ele precisasse do amor para sobreviver, em Petersburgo, enquanto esperava. Talvez tenha inventado o amor, porque não tinha a quem amar. Talvez tenha imaginado uma história de amor para sobreviver sozinho...

Antes de ela poder completar o raciocínio, antes de poder dizer "como eu", Marina a interrompe, impaciente. Já não quer ouvir:

— Pode ser.

— As histórias de amor podem não ter futuro, mas têm sempre passado. É por isso que as pessoas se agarram a tudo o que as remete de volta ao que perderam. Os livros que elas leem sempre dizem respeito ao passado. Romances históricos, memórias, biografias, tudo tem que ser escrito em retrospectiva, senão não faz sentido. Ninguém quer ler o que está por vir, à beira do abismo. As pessoas precisam se agarrar ao que já conhecem. Os modernismos não podiam mesmo durar. Nem as revoluções. Ninguém vai construir uma casa à beira do abismo.

— Talvez você esteja certa.

— Se quero salvar um rapaz que não é meu filho, deve ser para que alguém se lembre de mim.

— A gente só entende quando começa a lutar pelos filhos dos outros. As mães têm mais a ver com as guerras do que imaginam. É o contrário do que todo mundo pensa. Não pode haver guerra sem mães. Mais do que ninguém, as mães têm horror a perder. Você é capaz de tudo para evitar a morte de um filho. É capaz de defendê-lo contra a própria justiça. Os filhos estão acima de qualquer suspeita. Você é capaz de matar por um filho. E acaba recebendo o troco na mesma moeda quando a guerra o leva. Está pronta para defender a prole e o clã contra tudo. Sem querer ver que é daí que nascem as guerras. Todo mundo tem mãe. Até o pior canalha, o pior carrasco. Não deixa de ser uma espécie de fanatismo. Só fui entender quando passei a defender os filhos dos outros. Quando não fui capaz de salvar o meu. O exército estava atrás dele, queriam que voltasse para a guerra. E eu o deixei sozinho. Quando entrei no apartamento, Pável estava pendurado no lustre da sala. Eu queria tanto ouvir a voz dele de novo. Um dia, antes de ir para o Comitê, quando voltei de Moscou, passei no apartamento, para entregar o passaporte ao recruta. Não contei isso a ninguém. Não tive coragem.

Quando entrei, uma voz perguntou de lá de dentro: "Trouxe o pão?". Mas não havia ninguém. Não era a voz do recruta. Tenho certeza. Sou mãe, não me engano. Era a voz de Pável. Do mesmo jeito que ele perguntava, nos últimos dias, de manhã, quando eu trazia o pão. Corri lá para dentro, chamando por ele, mas não havia ninguém. Você acha que imaginei? Acha que era só o meu desejo de ouvir o meu filho de novo? Desde que ele morreu, falo sozinha todas as noites.

III. EPÍLOGO

23. Dez dias antes

A travessia da floresta foi silenciosa, o que lhe pareceu tanto mais ameaçador. Quando o primeiro veículo do comboio blindado entrou no desfiladeiro, alguém gritou e disse que era uma emboscada, e, antes mesmo de poderem entender o grito, a explosão e de onde vinham os tiros — e muito menos retroceder —, os soldados começaram a atirar a esmo e a cair agonizantes. O primeiro carro passou por cima de uma mina e estava emborcado quando foi atingido pelo que só podia ser um obus ou um míssil, por mais inverossímil e aterrorizante que isso pudesse parecer naquelas circunstâncias. Não houve sobreviventes no primeiro carro. Havia feridos em todos os outros. Era a primeira missão do tenente-coronel Iakovenko nas montanhas ao norte de Vedeno, território controlado pela guerrilha *wahhabita*. Os tanques que ficaram do lado de fora do desfiladeiro para lhes dar cobertura não tinham muito que fazer. Ali não havia como avançar com os tanques. Não deviam ter se arriscado tanto. Foram imprevidentes. Arkádi Ivánovitch Iakovenko estava na Tchetchênia fazia oito meses e, por sorte (ou para azar dele e dos que o cercavam), nunca havia saído do perímetro urbano de Grózni. Aquela era uma missão extraordinária. Não teriam mandado cinco veículos, incluindo os dois tanques, e vinte homens para as montanhas, não os teriam posto em tamanho risco, se não fosse para trazer de volta os sobreviventes do helicóptero abatido em missão, no qual estava o coronel Óssipov. Os sobreviventes estavam encurralados na alta floresta. O comboio enviado a uma região fora de controle, onde as perdas russas eram históricas, só podia ser sinal de que estavam desesperados no quartel-general de Khankala, dispostos a qualquer coisa para evitar que Vladímir Viktórovitch Óssipov caísse nas mãos dos *boieviki* — o que só os incitava ainda mais a tentar capturá-lo. Óssipov devia ter informações importantes sobre os planos do exército russo. Arkádi Ivánovitch não acreditou quando o último carro também explodiu sob o fogo cruzado. Um idiota gritou que era preciso recuar, mas já era tarde. As duas extremidades do comboio estavam em chamas. Óssipov cometera um grande erro. Insistira em comandar pessoalmente o reconhecimento aéreo e o bombardeio do que supunha ser um dos raros centros de treinamento do inimigo em território tchetcheno. Vinte homens iam morrer ali mesmo, por sua causa, para tentar salvá-lo. Conforme o cerco se fechava, o comandante gritou alguma coisa e o soldado ao lado de Arkádi Ivánovitch lhe transmitiu a informação inaudível, disse que deviam se espalhar pela floresta, onde todo ser humano é inimigo. Não havia a menor chance de sobreviverem se continuassem juntos. Só separados tinham a chance de escapar e chegar até os tanques. Ao ouvir a instrução, Arkádi sentiu um calafrio na alma.

— É suicídio — disse. Mas o soldado já não o ouvia. Estava caído no chão com a boca e os olhos bem abertos.

Ele pegou a arma do soldado e tentou se esgueirar por entre as rochas. Entrou na floresta com a frase do soldado retumbando na cabeça: "Todo ser humano é inimigo". Uma frase que, aliás, nunca mais iria lhe sair da cabeça. Ter conseguido escapar do desfiladeiro já lhe servia de alento e foi só então que percebeu o braço direito ensanguentado. Preferiu não examinar o ferimento debaixo da manga para não se assustar. Amarrou o braço com um lenço que trazia no bolso e se afastou do desfiladeiro pela floresta. Por sorte, ninguém o viu. Não havia como chegar aos tanques em linha reta. Em três horas, a noite cairia. Mas, antes, ele achou abrigo numa pequena caverna. A sorte estava com ele. Acomodou-se numa reentrância das rochas, onde dificilmente poderia ser visto, com a intenção de dormir um pouco antes de retomar a fuga, durante a noite, que era a sua única chance. Não se passaram mais de quinze minutos quando ouviu vozes do lado de fora. Eram os *boieviki*, os mesmos da emboscada. Sinal de que os tanques recuaram e que já não havia sobreviventes no desfiladeiro. Vinham passar a noite. Acenderam uma fogueira e se acomodaram à entrada da caverna. Arkádi Ivánovitch guardou, à força de ouvi-los ao longo da noite, a voz de cada um deles. E daí em diante se investiu da missão de vingar a morte dos companheiros. Doravante, cada minuto da sua passagem pela Tchetchênia seria dedicado ao reconhecimento das vozes que embalaram seu sono numa caverna nas montanhas.

A tragédia ocorre na terceira missão que lhe conferem, por assim dizer, como uma honra ou uma medalha, nas montanhas da região de Vedeno. Único sobrevivente da malfadada operação de resgate de Óssipov, o tenente-coronel conseguiu voltar a Khankala só Deus sabe como, resgatado pelos tanques no dia seguinte, a dois quilômetros da emboscada, e já seria o bastante para transformá-lo em herói se desde então não tivesse insistido em comandar toda incursão extraordinária à mesma região. O que seus superiores não podiam supor era que a coragem de Arkádi Ivánovitch não passava na verdade de uma perturbação que não sossegaria enquanto ele não ouvisse de novo as mesmas vozes dos *boieviki* e vingasse cada um dos mortos no desfiladeiro. Os soldados já sabiam que, quando o tenente-coronel Iakovenko subia as montanhas em território inimigo, guiava-se pelo que chamava de "sede de justiça", na qual, porém, nem o ponto de vista russo era capaz de dissimular o anúncio da carnificina iminente. Ia atrás de bodes expiatórios para as vozes sem rosto que continuava ouvindo com a certeza de um dia poder reconhecê-las.

Era impiedoso nas *zatchítski* que comandava pessoalmente nos vilarejos e nas casas de camponeses, sempre ouvindo as vozes e tentando reconhecê-las. Apesar do seu lema, não se importava de cometer injustiças, nem de matar inocentes durante as buscas por terroristas que matavam russos. Desta vez, no entanto, se é que até então ele considerava ainda ter as rédeas nas mãos, vai perdê-las:

Quatro jipes saem de Grózni pela manhã. Vão na direção das montanhas, para o sul. É o território de Iakovenko. No segundo jipe, além do tenente-coronel e de seu motorista, estão os dois cabos que o acompanham como guarda-costas por toda parte. Aparentemente, são os mais velhos nesse comboio. No carro que vai na frente, abrindo caminho, fora o motorista, que, embora tchetcheno, é de absoluta confiança, estão três soldados inexperientes. Foram escolhidos a dedo e não podem estar mais assustados. A missão será sua escola. Iakovenko gosta de se cercar de gente assim para, no caso de a situação fugir ao controle, poder justificar o massacre. No terceiro carro, só há espaço para dois soldados — o que está dirigindo e o companheiro que lhe dá cobertura —, o banco de trás e o bagageiro estão carregados de explosivos. O tenente-coronel quer isolar um vilarejo remoto, onde suspeita que tenham se refugiado alguns *boieviki*, cortando-lhes o único acesso a suprimentos. Vai explodir a ponte sobre a garganta que separa o vilarejo da estrada vicinal. Os milicianos podem continuar usando seus próprios caminhos pelas montanhas, mas não haverá mais como fazer chegar víveres e cargas maiores aos camponeses que os acolheram. Iakovenko quer dar uma lição aos camponeses. Vão pagar pela cumplicidade com o terrorismo. Além do resultado imediato, a bomba terá um efeito psicológico retardado. O tenente-coronel quer mostrar quem manda na região. Vai humilhar as milícias aos olhos dos camponeses que lhes deram cobertura e que, mais cedo ou mais tarde, serão abandonados por elas à própria morte, inocentes. O recruta Andrei Guerra está no último carro, com outro recruta e mais dois soldados. Não entendem quando os carros param diante de um casebre e o tenente-coronel ordena que todos desçam. Não há nenhuma ponte por perto. É só uma casa abandonada. Iakovenko instrui seus imediatos, que passam as ordens adiante. Dois a dois, os soldados se espalham pelos morros. Só quando chega ao alto é que Andrei entende que vão tomar de surpresa um suposto quartel da guerrilha escondido atrás da colina. É uma casa camponesa ainda menor do que a outra, diante da qual pararam os carros e que está abandonada. Os soldados cercam a casa atrás da colina e, quando estão a menos de cem metros, começam a atirar. Um homem sai correndo de lá de dentro, com uma espingarda na mão, e é atingido. Cai. Nessa hora, outro sai com os braços levantados, balançando uma camisa branca. Grita alguma coisa em russo. Está se rendendo. Sempre com os braços para o alto, aproxima-se do que foi atingido e tenta falar com ele. Os soldados também se aproximam. Dois se certificam de que não há mais ninguém dentro da casa. Só quando chega perto é que Andrei percebe que o que caiu é um menino e que o outro, com os braços levantados, chora muito, quer tocá-lo mas não ousa abaixar os braços, tem medo de também ser atingido. Diz a Andrei, em russo, que o menino abatido é seu irmão menor. O menino está morto. Os soldados lhe perguntam onde estão os outros. Que outros? Os dois irmãos estavam ali caçando. Um dos soldados que estavam no primeiro carro manda o homem calar a boca. A casa se resume a um cômodo. Os dois soldados que foram fazer o reconhecimento saem com uma espingarda, dois patos e um coelho morto nas mãos. É só um posto de caça, diz um deles. Não há nada lá dentro. Os soldados lutam em silêncio contra a realidade que insiste em contradizer o que foram fazer ali sob as ordens do tenente-coronel. Empurram o homem para o alto da colina, sob a mira dos fuzis. Ele se vira para trás, enquanto se afasta do corpo do menino caído na terra, mas recebe uma coronhada no rosto. Os soldados têm pressa. Precisam chegar rápido ao tenente-coronel, antes que a realidade os desarme e eles passem a acreditar que o homem que estão levando na ponta do fuzil não é nenhum miliciano nem representa nenhuma ameaça para os interesses russos na região. Antes de terem de lidar com a culpa de ter matado um menino que caçava nas montanhas com o irmão mais velho. E ninguém melhor do que Iakovenko para aliviar a culpa dos soldados e afastar as contradições da realidade. Assim que fica cara a cara com o prisioneiro, o comandante exige que ele entregue seus companheiros de luta, quer saber onde fica o arsenal da guerrilha, quais são os próximos planos, e, a cada pergunta não respondida, um dos cabos esmurra o rapaz, que desaba, cuspindo sangue. É o motorista tchetcheno quem traduz. Por fim, o tenente-coronel ordena ao prisioneiro que os conduza a sua casa. O rapaz não sabe o que fazer. Intui o que vem pela frente e implora a mercê de Iakovenko, enquanto o fazem embarcar num dos carros, entre Andrei e outro recruta. Os dois mantêm o prisioneiro sob a mira do revólver. É de propósito. Qualquer outro comandante não se arriscaria a atribuir a guarda de um miliciano recém-capturado a dois recrutas inexperientes. Mas faz parte da tática de Iakovenko desafiar o destino com vara curta. Procura pretextos para agir com brutalidade. Nada melhor do que se o prisioneiro, tentando fugir, matasse um dos recrutas. Nada disso, porém, acontece. Em meia hora, chegam à casa da família do rapaz, perdida nas montanhas. A mãe e o pai já estão do lado de fora. Ouviram o barulho dos carros subindo a estrada. A mãe, ao ver o filho mais velho entre dois soldados russos, no banco de trás de um dos jipes, procura pelo menor nos outros carros e, não o achando, começa a gritar. O pai a segura antes que ela se jogue contra a janela do carro onde está o filho, perguntando pelo outro. Ela está com um vestido preto, um avental encardido e um lenço preto na cabeça. Seu rosto é todo enrugado. Pela aparência, poderia ser avó dos próprios filhos. O marido se adianta, enquanto ela fica tremendo e dizendo coisas incompreensíveis atrás dele. É um homem grande, forte, com um colete de pele de carneiro sobre a camisa suja. As calças, feito bombachas, estão enfiadas dentro das botas de cano largo. Os dois cabos descem do carro de Iakovenko, apontando os fuzis para o camponês, que levanta os braços. Iakovenko desce em seguida e se aproxima dele. O motorista tchetcheno o acompanha. Iakovenko pergunta ao camponês onde estão as armas do grupo. O motorista traduz. Nessa hora, o filho, que desceu do outro jipe sob a mira do soldado e do recruta, grita alguma coisa. A mãe cai de joelhos no chão, aos prantos. O pai olha para ela, sem saber o que fazer. Iakovenko começa a gritar para que a mulher pare de gritar, mas ela não para. O motorista tenta traduzir como pode. A tensão vai subindo. Tudo está preparado para que o caos se instale. O tenente-coronel não esconde a excitação. A mãe se levanta, gritando, e entra na casa, a despeito dos gritos de Iakovenko, do marido e do filho, que lhe pedem para não ir a lugar nenhum. O filho se desvencilha do soldado e do recruta e corre atrás da mãe. Um soldado atira e, no nervosismo, acerta a perna direita do rapaz, que cai no chão ao mesmo tempo que o pai — sob a mira dos cabos, escoltas de Iakovenko, que lhe dizem para ficar calado — grita o nome do filho. A mãe volta com uma espingarda. Não para de gritar. É estranho. É como se falasse russo. Andrei entende cada palavra do que ela diz, como se aquela fosse sua língua materna. Entende por que ela foi buscar a espingarda e para onde está indo com a espingarda em punho. Vê Iakovenko levantar o revólver e apontar para a mulher e, antes de o tenente-coronel poder disparar, Andrei o mata com um tiro na cabeça. Por um instante, com o comandante caído na grama rala, ninguém se mexe. Não sabem que atitude tomar. Ainda sem entender que foi salva pelo recruta, a mulher para, em silêncio, a meio caminho entre o casebre e o curral, onde pretendia dar um fim à criatura nascida naquela madrugada e que, segundo ela, é a causa de tudo, portadora de mau agouro. Assim que vira o bezerro recém-nascido, alertara o marido, que não lhe deu ouvidos. É isso que ela grita sem parar e que Andrei entende como se fosse a sua própria língua: apenas matando aquela monstruosidade que só não causa horror à vaca que a deu à luz conseguirão reverter o pesadelo em que estão enredados. A inação dura poucos segundos. A gritaria recomeça com mais intensidade e mais desespero. Um dos cabos e o motorista se jogam sobre o corpo do tenente-coronel, enquanto o outro mantém o camponês sob a mira do fuzil. Os soldados empunham suas armas e gritam sem saber no que mirar. A mãe corre até o curral. O pai e o filho também gritam, tentando impedi-la. Ninguém sabe o que fazer com Andrei. O recruta deixou o fuzil cair no chão, logo depois de atirar no comandante. Suas mãos estão trêmulas. Já não tem condições de segurar o que quer que seja. Enfia a mão direita no bolso e aperta uma concha. O soldado que atirou na perna do rapaz é o único que aponta o fuzil para Andrei, mas sem coragem de atirar. Está muito nervoso. Ouve-se um tiro vindo do curral e, nessa hora, como se obedecesse a um chamado, Andrei corre na mesma direção da mulher, para o curral. Num gesto intempestivo, o outro recruta faz uso de sua arma pela primeira vez e dispara. Andrei cai. Dois soldados e o motorista tchetcheno correm para o curral, ignorando o corpo do recruta caído na lama. Quando chegam, a mulher está parada, segurando a espingarda, diante de um animal disforme e morto, um bezerro recém-nascido, ao mesmo tempo peludo e pelado, com diferentes padrões e cores de pelo espalhados pelo corpo, como uma colcha de retalhos. Uma quimera, mistura de dois embriões, portadora de mau agouro.

— O filho-da-mãe — ela diz, desvairada, enquanto a vaca lambe, bovina, a cria morta.

Agradecimentos

Elena Vássina, Marina Tenório, Roman Sukhov, Valentina Melnikova, Katerina Arkhipova, Ilia Kolmanovski, Anna Kuznetsova, Anna Lebedev, Marco Antonio Nakata, Maksim Yakubson, Julia Goumen e Natalia Smirnova.

ESTA OBRA FOI COMPOSTA EM ELECTRA PELO ACQUA ESTÚDIO E IMPRESSA
PELA RR DONNELLEY EM OFSETE SOBRE PAPEL PÓLEN SOFT DA SUZANO
PAPEL E CELULOSE PARA A EDITORA SCHWARCZ EM MARÇO DE 2009